# 『ハムレット』

## 七五調訳シェイクスピア
## シリーズ〈5〉

## 今西 薫
Kaoru Imanishi

風詠社

# 目次

## 登場人物

| | |
|---|---|
| ハムレット | デンマーク王子 |
| クローディアス | 現国王　ハムレットの叔父 |
| ガートルード | ハムレットの母親 |
| ホレイショ | ハムレットの親友 |
| ポローニアス | 宮内大臣 |
| レアティーズ | ポローニアスの息子 |
| オフィーリア | ポローニアスの娘 |
| フォーティンブラス | ノルウェー王子 |
| ローゼンクランツ | ハムレットの幼馴染 |
| ギルデンスターン | 〃 |
| ヴォルティマンド | 家臣 |
| コーネリアス | 〃 |
| オズリック | 〃 |
| マーセラス | 将官 |
| バーナード | 兵士 |
| フランシスコ | 〃 |
| レナルド | ポローニアスの召使い |
| （ハムレット前国王の）亡霊 | |

牧師　使節　座長　役者たち　墓守りたち　水夫たち
その他

# 第1幕

## エルシノア城の前の高台[1]

（フランシスコ 警備兵として巡回している
バーナード 登場）

**バーナード**

　誰なのだ?!

**フランシスコ**

　おまえこそ その場動かず 名を名乗れ！

**バーナード**

　陛下 万歳！

**フランシスコ**

　バーナードだな

**バーナード**

　その通り

---

1　コペンハーゲン北西の港町 Helsingor の "H" を発音せず「エルシノア」と英語表記。『ハムレット』の舞台となったクロンボルグ城がある。

**フランシスコ**

時間通りに 来てくれて ありがとう

**バーナード**

深夜の鐘が 今 鳴った

交代だ 帰って休め フランシスコ

**フランシスコ**

ありがたい 寒さ骨身に 堪えるよ 気が滅入るほど

**バーナード**

何事も なかったか?

**フランシスコ**

ネズミ一匹 出なかった

**バーナード**

ではこれで 帰って休め

ホレイショ マーセラス 両名に 出会ったら

すぐに来るよう 言ってくれ

**フランシスコ**

足音が してくるぞ

おい止まれ! 何者だ?!


(ホレイショ マーセラス 登場)


**ホレイショ**

愛国者です

**マーセラス**

デンマーク 国王に 忠誠を 誓う者

**フランシスコ**

おやすみなさい

**マーセラス**

お疲れでした 交代したの 誰なのだ?

**フランシスコ**

引き継ぎは バーナード ではこれで (退場)

**マーセラス**

おい バーナード

**バーナード**

やあ 何だ!

ホレイショ そこに いるのかい?

**ホレイショ**

私は ここに

**バーナード**

よく来たな ホレイショ 歓迎するよ マーセラス

**マーセラス**

今夜もう 例のモノ 現れたのか?

**バーナード**

いや まだ何も

**マーセラス**

我ら二度見た 恐ろしい 光景を

ホレイショ言うに「幻覚だ」って

それで今夜は 我らと共に

夜を徹して 見張りに立って 亡霊が 現れたなら
我らのことを 信じてくれて
亡霊に 話しかけても くれるはず

**ホレイショ**

バカバカしいにも ほどがある
そんなモノ 現れたりは するものか

**バーナード**

まあ座れ 二晩我ら 見た話
信じようと してはいないが
もう一度 君の鼓膜に 響かせてやる

**ホレイショ**

では 座り バーナード 語る話を
聞こうじゃないか

**バーナード**

昨夜のことだ 北極星の 西に輝く
あの星が 今 光ってる あの辺り
夜空明るく 照らそうと 巡ってくると
ちょうど一時の 鐘が鳴り
マーセラス 僕たち二人…

**マーセラス**

静かにしろよ！ 黙るんだ！
ほら見ろよ！ また やって来た！


（亡霊 登場）

**バーナード**

　亡くなった王 そのままの お姿だ

**マーセラス**

　君は学者だ 話しかけろよ ホレイショ

**バーナード**

　王そのままの 姿だろう

　よく見ろよ ホレイショ

**ホレイショ**

　そっくりだ 恐怖心 懐疑の気持ち 高まるな

**バーナード**

　話すきっかけ 作りたそうに 見えないか?

**マーセラス**

　話しかけろよ ホレイショ

**ホレイショ**

　何者だ こんな夜更けに

　今は亡き デンマーク王 出陣の際 身に着けられた

　ご立派な甲冑姿 そのままで 現れるとは

　天に代わって 命令だ 返事しなさい!

**マーセラス**

　気分損ねた 様子だぞ

**バーナード**

　見ろよ! 見ろ! 行ってしまうぞ

**ホレイショ**

待て！ 話せ！ 言う通りしろ！ 話すのだ！ （亡霊 退場）

**マーセラス**

答えずに 行ってしまった

**バーナード**

どうしたか ホレイショ 顔蒼ざめて 震えてる

これは幻覚？ 心の迷い？ どう思う？

**ホレイショ**

この目で 確と 見ていなければ

絶対に こんなモノ 信じなかった

**マーセラス**

王だろう？ そうだろう？

**ホレイショ**

君が君で あるように 全くもって その通り

あの甲冑は 野望に燃えた ノルウェー王と

一騎討ち されたとき 身に着けられた ものだった

険しく見えた あの表情は 交渉が決裂し

ソリに乗り 氷上を 攻め寄せた

ポーランド軍 撃破した そのときと 同じもの

不思議なことだ

**マーセラス**

過去に二度 この真夜中に 出陣の 行進のよう

我ら見張りの すぐ横を 通られたのだ

**ホレイショ**

どう考えて いいのやら よく分からぬが

その意図や 目的は 僕が思うに 我が国に
何らかの 奇怪な事件 勃発の 予兆では…

**マーセラス**

まあ座り 誰か教えて くれないか
なぜこれほどに 厳戒態勢 整えて
夜毎 警備に あたるのか
日中は 大砲造り 戦備品 買いつけや
船大工 かき集め 週七日 昼夜を問わず
働かせるの どういうことか
知っている者 いないのか？

**ホレイショ**

答えよう 今は亡き デンマーク王 ハムレット
そのお姿を 見たばかりだが 知っての通り
高慢な ノルウェー王の フォーティンブラス
一騎討ち 挑んでき 西側諸国 その中で
勇猛果敢 名を馳せた ハムレット王
それを受け 敵を討ち取り 勝利を挙げた
法と契約 その定めにて ノルウェー王は
命 もとより 領土さえ 失った
それ相応の 領土 こちらも 賭けており
敵方勝てば 我らの領土 ノルウェー所属に なっていた
同じ条件 だったのだ
ところが 息子 同名の フォーティンブラス
成熟に 至っておらず 血気にはやり

12

ノルウェーの 辺境の あちらこちらで
食料で釣り 無法者 集めだした
その理由 父親が 失くした領土 奪還だ
これに対抗 するための 軍備増強
整備徹底 迅速な 情報指令
それに加えて この国内の ごたごただ

**バーナード**

きっとそれだね 不吉な姿 鎧着て 我ら警備の そばに来る
敵の攻撃 王が警告 なさってる

**ホレイショ**

塵一つさえ 心の眼には 気になるものだ
ローマ帝国 繁栄の 絶頂期
強大な シーザーが 倒される前
墓 空となり 彷徨い出たる 亡霊が
ローマの路傍 埋め尽くし 泣き喚いたと 言われてる
星たちは 火の導火線 後に引き 血の雫 したたり落とし
太陽からは 幸運の星 離れ行き
潮の満ち干の 領域の 海の神 ネプチューン
支配する 月でさえ 世の終わり 到来と 火を消した
あの大事件 起こる前 運命の 先駆けとして
我が国や 国民に 天地異変が 教えてくれた
あっ！ シィーッ！ 見ろ！ あそこ！ またやって来た！


（亡霊 登場）

行く手塞いで やってみる 呪われるかも しれないが
止まれ！ 亡霊！
声があるなら 声を出し 私と話せ！
汝の心 鎮め 慰め
私 祝福 受けることなら 話してほしい
汝が もしも 我が国の 命運握る 鍵を持つなら
その鍵で 不運など 閉じ込めよ さあ 話すのだ！
いや 生前に 奪い取った 財宝を
大地の中へ 埋め隠したか 言うがよい
未練残した 亡霊は 死後も徘徊 するという
（鶏が鳴く声がする） 話すのだ！ 止まって話せ！
制止させろ マーセラス！

**マーセラス**

槍で一突き 斬りかかろうか？

**ホレイショ**

止まらないなら やってくれ

**バーナード**

ここに来た！

**ホレイショ**

ここだ ここ！ （亡霊 退場）

**マーセラス**

消え失せた！
王の姿を した者に 手荒な真似は まずかった

あれは空気と 同じもの 斬ったりしても 斬れぬはず
我ら攻撃 虚しいだけだ

**バーナード**

亡霊が 話し出すとき 鶏が 鳴き出した

**ホレイショ**

そのときに 恐ろしい 召喚受けた 罪人のよう 驚愕したな
鶏は 朝告げる鳥
高らかな 鋭い声が 太陽神を 目覚めさせると
彷徨う魔物 火の中や 海の中
地中 空中 逃げ戻る そう言われてる
今のモノ これ 実話だと 教えてくれた

**マーセラス**

鶏が 鳴いたとき 消え去った
ある者の 話では キリストの
生誕祝う 時間が来ると 夜明けを告げる 鶏は
夜もすがら 鳴くとのことだ
そうなると 亡霊などは 現れず
安らかな夜 訪れて 星はキラキラ 光るだけ
妖精は 眠りについて
魔女さえも 魔法使えず 清き救いの ときとなる

**ホレイショ**

その話 どこかで聞いた 覚えある
半ば信じて いるからな ほら あそこ 見てごらん
朱色に染まる マント纏った 朝の日が

東方の 露に濡れたる 小高い丘を 昇りくる
もうここで 夜警は終えて 若き王子の ハムレットさまに
今夜見たこと 伝えよう
この亡霊は 口を閉ざしは していたが
王子さまなら きっと話しは するだろう
このことを 知らせるの 友情であり
臣下としての 務めじゃないか?

**マーセラス**

是非そうしよう 都合良く 今朝 王子さま
おいでの場所を 知っている　(一同 退場)


# 第２場

## 城内のホール


(国王 王妃 ハムレット ポローニアス レアティーズ
ヴォルティマンド コーネリアス 貴族たち 従者たち 登場)


**国王**

敬愛すべき 兄である ハムレット王
崩御の記憶 生々しくて 悲しみを 心に抱き 国を挙げ
眉をひそめて 嘆くのは 当たり前
だがわしは 分別により
肉親の 情と闘い 節度ある 悲哀の情で

兄偲びつつ 我が務め 心に刻み

かつての姉を 我が王妃とし

戦争の 危機にある 我が国の

国位を共に 預かることに したのであるぞ

言わば 挫折の 喜びで

片方の目に 笑み浮かべ もう一方は 涙する

葬儀には 歓喜の歌を 婚礼に 挽歌を唱え

喜びと 悲しみを 等分にして 妻を迎えた

この件で 賢明な 諸侯の意見

よく聞いて 事を進めた 感謝しておる

さて 次に 来る問題は

あの若造の フォーティンブラス 我が力 見くびったのか

いや 兄の死で 我が国の 関節外れ

瓦解したかと 思ってか 優越感の 夢に絆され

しつこく使者を 送りつけ

勇壮な兄 合意した 決闘の 条約文で 決められた土地

父親が 失くした領土 返還と 迫って来てる

彼の話は これまでとし では 次の 議題に入る

フォーティンブラス その叔父である

ノルウェー王に このわしは 親書を書いた

王は老衰 寝たきりだ 甥の計画 知らぬはず

この策動を 食い止めるのが その趣旨だ

兵員も 兵站も すべては民の 税金だから

コーネリアスと ヴォルティマンド

この親書 ノルウェー王に 届ける任務 与えよう
王に対する 折衝は そこに記した 条項のみで
その範囲 逸脱は せぬように
では急ぎ 出発し しっかり使命 果たすのだ

**コーネリアス & ヴォルティマンド**

我らの任務 全うします

**国王**

任せたからな 無事を祈るぞ
（コーネリアス ヴォルティマンド 退場）
さて レアティーズ どうしたと いうのだな？
願いごとは 何なのだ？ 言ってみなさい レアティーズ
理に適う 事柄ならば
このわしが おまえの願い 叶えてやろう
おまえの父と このわしは 結び合う 頭脳と心臓
口を補佐する 手の動き 密な関係 それ以上
願いは何か レアティーズ？

**レアティーズ**

我が陛下 フランスに 戻る許可 頂きたく 存じます
戴冠式に 列席のため 帰国しました
その務め終え 実を申せば
思いはすでに もうフランスに 向かっています
どうかお許し 願います

**国王**

父親からは もう許し もらったか？

ポローニアス どうなのだ？

**ポローニアス**

あまりしぶとく せがむので 承諾を 与えました

陛下からも 是非お許しを

**国王**

青春を 謳歌しなさい レアティーズ

今がそのとき 思うがままに 持つ才能を 発揮しなさい

さて 甥の ハムレット 今は息子の…

**ハムレット**

〈傍白〉血族的に 近くなり 心情的に 遠くなる

**国王**

まだ垂れ込める 雲の中？

**ハムレット**

いや 陛下 お門違いで 過度に太陽 浴びすぎて

二本のマッチ すり間違えて やけどして

おやじに蒸すこと してみたならば

ああ味気ない おじやかな…

**王妃**

---

2 原典 "I'm too much in the sun." "sun"（太陽）は "son"（息子）との
　二重の意味。これを「（太陽熱で）蒸すこと／息子こと」にし、"too
　much" は「過度」と「お門違い」とし、さらに和風のシャレとして、
　「マッチ」は火を点す用具の「マッチ」と "much" は日本人には同じ
　発音であり、"too" も「トゥー」ではなくて「ツー」（これは "two" で
　も同じ）なので、「二本のマッチ」としてみた。オヤジとオジヤ（雑
　炊）はアナグラムである。

ねえ ハムレット

わけの分からぬ 話をし 憂鬱そうな 顔はやめ

国王に 情愛込めて 接してね

いつまでも うつむいて 気高い父を

土の下まで 追い求めては なりません

命あるもの すべてがすべて 死んでゆく

浮世を通り 永遠の世界へと 渡りゆく

そのことは 自然の理だと 知ってるでしょう

## ハムレット

はい 知ってます 自然の中の理ですね

## 王妃

そうならば なぜあなたには 特別に 見えるのかしら

## ハムレット

見えるって? とんでもないよ 真実だから

「見える」ってこと 僕にはないよ

インキ臭いと 見えるマントや 慣例通り 黒い服

わざとらしくて 大げさな 溜め息や

溢れくる 涙の雫 憂いに沈む 顔つきや

それに加えて 哀悼の 形式 様式 外面が

全く 僕に 真実になど 見えないんだよ

そんなもの 見掛け倒しの 芝居だね

僕の中には 演劇超えた 真実がある

---

3 原典 "inky"(インキの／インクの)を「陰気臭い」とシャレてみた。

目に見えるもの 悲哀の衣服 装飾ですね

**国王**

亡き父親に 哀悼の意 捧げるは

称賛に 値する 行いだ ハムレット

優しさが 滲み出ている

弁<ruby>弁<rt>わきま</rt></ruby>えて ほしいのは おまえの父も その父亡くし

その父親も さらにまた 父親を 亡くしてる

残された者 しばらくは 喪に服すのは 子としての義務

だが 頑なに 哀悼の意に 浸っているは

不敬の至り 女々しい嘆き

天の意に 逆らうもので 未熟な心 我儘な 性格で

理解力乏しくて 自己統制の 力に欠ける

我らには どうすることも できなくて

日常に あることなのに

なぜそれほどに 執拗に 機嫌を損ね

それに逆らい 心痛めて いるのだな？

それは いかんぞ！

明らかにそれ 神や死者には 理に適わなく

自然の摂理に <ruby>叛<rt>そむ</rt></ruby>くもの

最初の死者に 始まって 今日の死者まで

「そうあるべき」と 説いてきた

無益な苦悩 捨て去って

頼むから わしを父だと 思っておくれ

そこで今 公言いたす 我が国位 受け継ぐ者は おまえだぞ

21

実の父親 息子にかけた 愛情と
わしの愛情 比較して わしのもの 遜色はない
ウィッテンバーグ大学へ 戻るらしいが
わしはそれには 反対だ この地 留まり
目の届く 所にて わしの重臣 甥 息子とし
励みとなって くれないか

**王妃**

母の祈りも 聞き届けてね ハムレット
ここにいて ウィッテンバーグ 行かないで…

**ハムレット**

できるだけ ご希望に 添うように してみます

**国王**

おや 好ましい 立派な返事
デンマークでは 王にでも なった気持ちで いればよい
さあ行こう ガートルード
ハムレット 快く 承諾し 肩の荷が 下りた気分だ
これを祝って 国王が 盃を 上げる度
祝砲を 雲にまで 響かせようぞ
天もまた 地上が起こす 雷鳴に 応えるだろう
さあ 参ろうぞ （ハムレットを残し 一同 退場）

**ハムレット**

この有形の 我が肉体が 溶け崩れ
無形の露と なり果てて しまうなら…
永遠の神が禁じる 自殺さえ 許されるなら…

ああ 神よ！ 我が神よ！
この世のすべて うとましく 淀んでいて
味気なく 無益なものに 思えてしまう
何てこと！ 嫌なこと！
この世とは 雑草除去が おざなりな庭
だから雑草 伸び放題
下品で 下衆な 者たちが
我が物顔で のさばっている
これほどまでに なろうとは！
亡くなって まだ二ヵ月だ
いや それほども 経ってはいない
高潔な 王だった 不潔な王と 大違い
ハイペリオンと サタほど違う
父上は 母上を こよなく愛し
空からの風 母上の顔 強く当たるの さえもまた
お許しに ならなかったぞ それなのに 何てこと！
忘れられたら いいのだが
父上が 与える愛で 育った愛が
さらなる愛を 乞い求め 縋りついてた 母上なのに
それがたったの ひと月足らず
こんなこと 考えないで おくことだ
「弱き者 汝の名 女なり」

---

4　ギリシャ神話 太陽神 天体の運行と季節を人々に教えた。
5　ギリシャ神話 森林に棲む好色で酔いどれの神。

まだそれが ほんのひと月

ニオベのように 泣き暮らし 父上の亡骸に 縋りつき

歩んだ靴も 古びぬうちに

人もあろうに 母上が ああ 神よ！

理性など 持ち合わせない 獣さえも もう少し 慎むだろう

ところが叔父と 結婚なんて

兄弟とはいえ 似ても似つかぬ 弟だ ヘラクレス対 僕のよう

ひと月足らず 泣き濡れた 赤い目尻の

偽りの 涙の跡が 消えぬ間に 結婚などと！

不道徳 極めつけだぞ そのスピードは

なぜこんなにも 巧妙に 不義のベッドに 急ぐのか

これは良くない 良い結果 生むはずがない

だが この胸が 張り裂けようと 黙するだけで 語りはしない


（ホレイショ マーセラス バーナード 登場）


## ホレイショ

お久しぶりで 王子さま

## ハムレット

---

6　ギリシャ神話 14人の子を生んだニオベに対し、二人しか子供がい
　ない女神レートが侮辱されたと憤慨する。その息子のアポロンはニ
　オベの子供全員を殺害。ニオベは嘆き続けて石と化した。

7　エリザベス朝のイングランドでは近親相姦に値した。

8　ギリシャ神話の最強の英雄。

元気そうだね ホレイショ

ホレイショ? 人違い?

**ホレイショ**

見ての通りで 忠実な あなたの下部(しもべ)

**ハムレット**

親友だろう 下部なら 僕だって 君の下部さ

ウィッテンバーグ 離れて ここに なぜ 来たんだね?

やあ マーセラス

**マーセラス**

王子さま

**ハムレット**

ようこそ ここへ

(バーナードに) やあ 今晩は

でも 実際に どうしてなんだ?

ウィッテンバーグ 出てきたわけは?

**ホレイショ**

サボリ癖 出たまでで…

**ハムレット**

そんなこと 君の敵 言ったとしても 信じない

自分で自分 貶(けな)しても 僕の耳 受けつけないよ

サボリ癖など ありえない

それでだな エルシノアには 何の用事だ?

ここを去る頃 大酒飲みに なるかもな…

**ホレイショ**

今は亡き　お父上　葬儀のために

**ハムレット**

　　からかったりは　やめてくれ　母上の　婚礼だろう

**ホレイショ**

　　本当に　立て続けです

**ハムレット**

　　倹約だ　節約なんだ　ホレイショ
　　葬式用に　焼いた肉　結婚披露　そのテーブルで
　　冷たい肉で　出されたまでさ
　　あんな　嫌な日　味わうのなら
　　天国で　得難い敵に　出会うのが　まだましなほど
　　父上の　お姿が　見えるよう

**ホレイショ**

　　それは　一体　どこなのですか？

**ハムレット**

　　心の目だよ　ホレイショ

**ホレイショ**

　　一度だけ　お目にかかった　覚えあります
　　ご立派な　国王でした

**ハムレット**

　　どこを取っても　男の中の　男だし
　　あれほどの人　再現不能

**ホレイショ**

　　昨夜　私は　見かけたような　気がしています

**ハムレット**

見かけたと？ 誰のこと？

**ホレイショ**

国王ですよ お父上！

**ハムレット**

国王で 父上と？

**ホレイショ**

驚きのお気持ちを 和らげられて

しっかりと お聞きください

ここにいる 二人 証人 不思議なことを お話しします

**ハムレット**

しっかりと 聞かせてもらう

**ホレイショ**

この二人 マーセラス バーナード 二晩続け 警備中

死んだよう 静まり返る 真夜中に

頭から 足先までも お父上 そっくりの 人物が

甲冑を着て 完全防備 その態勢で

二人の前に 現れて ゆっくりと 威風堂々

厳粛な 足取りで 通り過ぎ 恐れ戦く 二人の前を

三度に渡り 王が手に持つ 指揮杖が

届かんばかりの 至近距離

その間 この二人 恐怖にて

日干しにされた ゼリーのように 金縛り

話しかけすら できずじまいで

その恐ろしい 秘密知らされ
私 加わり 三人で 夜警に立つと
二人の予告 その時刻 姿 形も 全く同じ
国王の 亡霊が 現れました
知る限り お父上 そっくりでした
この両方の 私の手 似てる以上に 瓜二つ

**ハムレット**

場所はどこ？

**マーセラス**

見張りする 城壁の上

**ハムレット**

君はそれには 話しかけたり しなかったのか？

**ホレイショ**

しましたよ もちろんですが でも 返事 何ももらえず
一度だけ 頭を上げて 話したそうな 素振りだけ
そのときちょうど 一番鶏が 鳴いたので
その声に たじろいで 急ぎ立ち去り
視界から 消え去りました

**ハムレット**

不思議なことだ

**ホレイショ**

命に懸けて 真実のこと
それにまた お知らせするの 責務だと 考えました

**ハムレット**

28

そうだとも その通り でも 落ち着いて いられない
今夜も警備に 当たるのか？

**マーセラス & バーナード**

はい 当たります

**ハムレット**

武装してと 言ったよな

**マーセラス & バーナード**

はい 武装して

**ハムレット**

頭から 足の先まで？

**マーセラス & バーナード**

その通り 頭から 足の先まで

**ハムレット**

では 顔は 見えなかったか？

**ホレイショ**

いえ 見えました 顎当ては 上げていたから

**ハムレット**

何だって！ では 表情は?! 険しかったか？

**ホレイショ**

怒りより 悲しみの表情で

**ハムレット**

蒼ざめて？ 紅み帯び？

**ホレイショ**

まっ蒼で

**ハムレット**
　目は君を 見据えていたか?!

**ホレイショ**
　瞬<rt>まばた</rt>きもせず

**ハムレット**
　何とか その場に いたかった

**ホレイショ**
　いらっしゃれば 驚愕された ことでしょう

**ハムレット**
　そうだよな きっとそうだよ 長くいたのか？

**ホレイショ**
　普通に数え 百数える 間

**マーセラス & バーナード**
　いや もっと 長かった

**ホレイショ**
　僕が見たとき そんなに長く なかったぞ

**ハムレット**
　髭には白髭<rt>しらが</rt> 混じっては いなかった？

**ホレイショ**
　混じってました 生前に お会いしたのと
　全く同じ シルバー混じり 黒い髭

**ハムレット**
　今宵は僕も 見張りには 立つからな
　恐らく今日も 現れるはず

**ホレイショ**

　必ず今日も 現れますよ

**ハムレット**

　気高い父の 姿してれば たとえ地獄が 口を開け

　黙るようにと 命令しても 僕は話すぞ

　みんなには 頼みたいこと あるんだが

　今までこれを 隠してくれた

　これからも その沈黙を 守り続けて くれないか

　今から起こる こと 何であれ

　心に留め 口に出さずに いてほしい

　君たちの 厚意には 必ず礼は するからな

　では また会おう

　11時から 12時の その間 城壁の上 行くからな

**三人（ホレイショ マーセラス バーナード）**

　王子さまへの 義務として 沈黙を守ります

**ハムレット**

　お互いの 友情として また後で…

　（三人 退場）

　父上の亡霊が 武装して?!

　ただごとでない 良からぬ何か 潜んでる

　早く夜にと なればいい

　それまでは 心 落ち着け 沈着 冷静

　悪事 必ず 露見する たとえ大地が 覆い尽くして

　人の目からは 隠したり しようとも…　（退場）

## ポローニアス家の一室

（レアティーズ　オフィーリア　登場）

**レアティーズ**

　必要なもの　船に積んだよ　お別れだ

　妹よ　風向き良くて　船の便　あるときは

　居眠りなんか　するんじゃなくて　便りよこせよ

**オフィーリア**

　疑い深い　兄さんね　分かっているわ

**レアティーズ**

　ハムレットさま　彼の好意は

　取るに足りない　ものだから

　ただの気まぐれ　若き血が　騒いでるだけ

　人生の　最高の春　スミレの花が　咲く頃だ

　咲くは早いが　枯れるのさえも　また早い

　甘い香りも　続かない　ただそれだけだ

**オフィーリア**

　それだけのこと？

**レアティーズ**

　それだけと　思っていれば　間違いはない

　人が成長　するときは　向上するの

筋力や 体力だけじゃ ないからな

心 魂 内なるものも 育ちゆく

恐らく今は おまえ一途の 思いだろう

その純粋な 愛に 汚れや 偽りはない

だが心得よ 彼の身は 高貴な血筋

彼の意志さえ 自由にならず

庶民のように 勝手はできぬ お生まれに 縛られている

結婚相手 選ぶとき 国の安寧 考慮する

即ち それは 選考に 制約あると いうことだ

譬えて言うと 彼は頭だ 声や体を 無視しては 動けない

愛していると 言われても 分別を 弁えるよう

特別な 立場に立たれ

言ったこと 実行するの 容易ではない

デンマークの 主要な声を 聞かねばならぬ

おまえには 自分の名誉 傷つかぬよう 振る舞うの 大切だ

甘い歌声 魅せられて 我を忘れて

心奪われ 抑制利かぬ 求めに応じ

乙女の鍵を 渡しては ならぬから

恐れるがいい オフィーリア 恐いことだと 妹よ

恋愛の戦では 後陣に 控えるように

欲望の矢の 射程距離に 入らずに 危険は避けよ

用心深い 女性には 美しさ

月に盗み見 されるのさえも 不謹慎

貞節の鑑でも 世間の中傷 免れぬ

春の花 蕾のうちに 蝕まれ 枯れ果てる

汚れを知らぬ 朝霧に 胴枯れ病の 邪気 忍び寄る

だから用心 大切なんだ

恐れる心に 安全宿る 若い血は 騒ぎ立つ

誰一人 側になど いなくとも 浮かれ立つ

**オフィーリア**

今の良い 教訓は 私の胸の 見張り番

でもお兄さま 邪な牧師さま なさるよう

天国への 茨の道を 差し示し

ご自分は 得意気に むやみやたらに 放蕩三昧

サクラソウ咲く 戯れの道

のらりくらりと 浮かれ歩くの だめですよ

ご自分が 今 話された 教訓を お忘れなくね

**レアティーズ**

心配は いらないよ 話しすぎたな

ああ 父上が やって来られる


（ポローニアス 登場）


二度のお別れ 祝福 二倍 その光栄に 浴することに

**ポローニアス**

まだ ここに?! レアティーズ！

乗船だ 船に乗れ ぐずぐずするな！

帆はいっぱいに 風を受け

34

おまえが乗るの 待っている さあ 祝福を！

だが ここで 二言三言 教訓垂れる

胸に刻んで おくがよい

口は慎め 考えもなく 行動するな

親しくしても 礼儀を正せ

信用に足る 友 見つけたら 鋼鉄の輪で 絆を結べ

一人前に なってはいない 連中に

迎合し 勝利逸して ならぬから

喧嘩には 巻き込まれるな

巻き込まれたら 相手引くまで 引き下がるなよ

人の話は よく聞いて 自らは 口を慎め

人からの 批判受け入れ 人の批判は しないこと

金銭に ゆとりがあれば 衣服に使え

流行追うな 派手はいかんぞ リッチなものを 選ぶのだ

服装は 人格を 表すからな

その点で フランスの 上流貴族 趣味とセンスは 抜群だ

金に関して 借りてもいかん 貸してもいかん

貸したなら 金はもとより 友まで失くす

借りたなら 節約する気 失くしてしまう

銘記すべきは 自らに 忠実であれ

そうすれば 昼の次 夜来るように

他人（ひと）に対して 忠実になる

もう行くがいい この教え 忘れるでない！

**レアティーズ**

では出かけます さようなら

**ポローニアス**

時間がないぞ 召使いが 待っている さあ早く 行きなさい

**レアティーズ**

元気でな オフィーリア 僕の話を 覚えておけよ

**オフィーリア**

私の胸に 鍵をかけ お兄さま その鍵の 持ち主よ

**レアティーズ**

さようなら　（退場）

**ポローニアス**

レアティーズ 言ったこと 何のことだな？ オフィーリア

**オフィーリア**

ハムレットさま 関わることで…

**ポローニアス**

よくそのことに 気づいたな

殿下 この頃 頻繁に おまえに会いに いらっしゃる

わしの耳にも 入っておった

気安く おまえ お相手してる 様子にて

注意するよう 知らされた

おまえには 自分自身が 分かっておらん

わしの娘で 嫁入り前だ 二人の仲は どうなのだ？

正直に 言いなさい

**オフィーリア**

最近は 愛のこもった 優しい言葉 頂いてます

**ポローニアス**

　愛のこもった？ 何てこと⁈

　危険な目には 遭ったことない あどけない娘の 台詞だな

　「愛のこもった 優しい言葉」

　おまえはそれを 信じてるのか？

**オフィーリア**

　信じていいか 分かりませんが…

**ポローニアス**

　そうだろう 教えてやろう

　自分のことを 赤ん坊だと 思うこと

　そんな言葉を 真に受けるのは 間違いだ

　自分をもっと 大切に するのだぞ

　さもないと まずいジョークと 思うだろうが

　「愛想つかした 易しい言葉 親バカのわし バカを見る」

**オフィーリア**

　愛を告白 されたとき ハムレットさま 真顔でしたわ

**ポローニアス**

　そんなもの 表面だけだ ただそれだけだ

**オフィーリア**

　そのお言葉は 神に誓うと 思えるほどの

　真意を込めて 話されました

**ポローニアス**

---

9　原典 "fool" 裏の意味「私生児」。

それはだな カモを捕らえる 罠なのだ
血が燃え立てば 心は口に 気前よく 誓いの言葉 語らせる
わしはそのこと よく知っておる
燃え盛る 炎には 熱はない
誓いを立てる その最中に 炎も熱も 消えてゆく
本物の火と 思っては ならないぞ
たった今から 嫁入り前の 身と心得て
軽い気持ちの 取り扱いを 受けぬよう
気位高く 構えるのだぞ
ハムレットさま お若くて おまえとは 全く違い
どこにでも 行かれるの 勝手気まま
はっきり言って オフィーリア
殿下の誓い 信じるな 彼の言葉は
実質飾る 仲介人に 似たもので
神聖で敬虔な 表面と 裏腹で
無垢なおまえを 欺くものだ ただそれだけだ
はっきり言おう 今後一切　ほんの少しも
ハムレットさまと 言葉など 交わしては ならぬから
分かったろうな 命令だ さあ行こう

**オフィーリア**

お言葉通りに いたします お父さま　（二人 退場）

## 第 4 場

## 城壁の上

（ハムレット ホレイショ マーセラス 登場）

**ハムレット**

　風が身を切る 寒さだな

**ホレイショ**

　肌を刺す 激烈な風

**ハムレット**

　今は何時だ？

**ホレイショ**

　12 時の 少し前では？

**マーセラス**

　鐘は鳴ったぞ

**ホレイショ**

　本当か?! 気がつかなかった

　そうすると 亡霊が 徘徊しても いい時間帯

　（華やかなトランペットの音 祝砲が轟く）

　殿下 これ 何事ですか？

**ハムレット**

　夜を徹して 国王の祝宴だ 飲んで踊って 大騒ぎ

　国王が ワイン飲み干す その度に

笛や太鼓で 囃し立て 国王の 健康を 祝うのだ

**ホレイショ**

　　そういった 習慣ですか？

**ハムレット**

　　ああ そうなのだ この国に 生まれた僕も

　　この習慣は 守るより 破ったほうが 名誉だと 思ってる

　　東西に 知れ渡る こんな愚劣な 酒宴のため

　　我々は 酔いどれと 侮られ 蔑みの 言葉にて 穢される

　　稀に見る 活躍しても

　　その業績の 特質は 骨抜きに されるのだ

　　個人のときも 同じこと 生まれ持っての 欠点は

　　——本人に 何の落度も ないのだが

　　生まれなど 選んだり できぬから——

　　ある特性が はびこって

　　理性の塀や 砦など 崩してしまう 例もある

　　潜在的な 気質によって 分別のある やり方を

　　壊すことさえ あるからな

　　生まれ持っての 特質なのか 運勢の星 そのせいか

　　多くの美徳 備えていても それが純粋 高徳であれ

　　その特定の 欠点のため

　　他人からは 堕落だと 責め立てられる

　　疑惑混じりの 少量の酒 その銘柄を

　　スキャンダルにて 腐らせるのと 同じこと

（亡霊 登場）

**ホレイショ**

　ほら 殿下 あそこに来ます

**ハムレット**

　神の使いの 天使たち 我々を 守り給え

　汝 善霊？ いや 悪霊か？ 天の霊気を 送るのか？

　地獄の邪気を 送るのか？

　その意図が 邪悪なものか 善良なのか 分からぬが

　話したげにと 来た故に 僕は汝に 話しかけよう

　ハムレット王 そう呼ぶべきか？

　国王か 父上か デンマーク王？

　無知のまま 置き去りでなく 返事が欲しい

　死して棺に 納められたる 聖なる遺体

　死装束を 引き裂いたのか？

　安らかに 安置されたの 我ら見た

　それなのに 重く大きな 大理石 開け

　死者が出てきた その理由 何なのだ？

　死者の汝が 甲冑を着て かすかに光る 月を背に

　恐怖の色に 夜を染めるか！

　人知及ばぬ 意図があり 何も分からぬ 愚かな我ら

　驚愕させる 心積もりか？ 言ってくれ！ どうしてだ？

　どうしろと 言うのだな?!

　（亡霊はハムレットに手招きをする）

ホレイショ

　一緒に来いと 手招きしてる

　殿下だけ 伝えたいこと あるかのようだ

マーセラス

　礼儀正しい 仕草によって

　遠くへと 殿下を連れて 行こうとしてる

　一緒に行くの 危険です

ホレイショ

　絶対に ついて行っては なりません

ハムレット

　ここにいたなら 口を利かない だから 僕 ついて行く！

ホレイショ

　殿下 おやめください

ハムレット

　どうしてだ⁉ 何を恐れる 必要がある⁈

　命など 一本の針 価値などは それぐらい

　僕の魂 不滅のものだ 亡霊と 同じだよ

　だから それには 手出しなんかは できないよ

　また 手招きしてる ついて行く

ホレイショ

　満ち潮の海 海に突き出た 恐ろしい 絶壁に

　誘い出す 魂胆なのか 分からない

　そこでまた 恐ろしい 魔物に変わり

　殿下の理性 奪い取り

狂気の世界 引きずり込むか しれません

しっかりと 考えて！ そんな場所 行くだけで

何も動機が なくっても 眼下遠くに 海を見下ろし

轟く怒涛 その音聞けば

絶望感に 苛まれ 自分自身を 忘れてしまう

**ハムレット**

まだ手招きを 続けてる お先にどうぞ ついて行くから

**マーセラス**

行っちゃだめです！ ハムレットさま

**ハムレット**

手を放せ！

**ホレイショ**

聞いてください！ 放さない！

**ハムレット**

僕の運命 叫んでる

この体内の 動脈すべて ネメアの獅子の

筋肉のよう 精悍になる

（亡霊が手招きする）また 呼んでいる

さあ みんな 手を放すのだ！ （彼らを振り切る）

止める者には 容赦しないぞ！ さあ 離れてろ！

（亡霊に）ついて行くから 先に進んで

---

10 ギリシャ神話 古代ギリシャの南東部の谷ネメアに棲んでいた猛
   獣 ヘラクレスによって退治された。

（亡霊とハムレット　退場）

**ホレイショ**

　妄想に　駆られてしまい　絶望的だ

**マーセラス**

　後を追うのだ　命令に従うの　良いとは言えん

**ホレイショ**

　さあ行こう　この次に　何が起こるか?!

**マーセラス**

　デンマーク　そのどこか　腐ってる

**ホレイショ**

　天が導き　くださるだろう

**マーセラス**

　さあ後を　追っていくのだ！　（一同　退場）


## 第5場

### 城壁の別の場所


（亡霊とハムレット　登場）


**ハムレット**

　僕をどこへと　連れて行く?!

　話してほしい　もうこれ以上　行かないぞ

**亡霊**

よく聞くのだぞ

**ハムレット**

はい 聞きましょう

**亡霊**

もう時は 迫ってる

硫黄が燃える 拷問の火に 戻らねば ならぬから

**ハムレット**

ああ 何と！ 痛ましい 亡霊だ

**亡霊**

哀れみなどは いらぬから

今から語る わしの話を 聞き漏らしては ならぬぞよ

**ハムレット**

話されるなら 聞きましょう

**亡霊**

聞いたなら 復讐せねば ならなくなるぞ

**ハムレット**

なぜですか？

**亡霊**

わしはおまえの 父親の 亡霊だ 定めの期間 夜に彷徨い

日中は 業火の中に 閉じ込められて

生前の 罪業が 燃え尽くし 清められるの 待っている

煉獄の 獄舎の秘密 語るのは 禁じられてる

たとえ一言 打ち明けようと

おまえの中の 魂は 震え上がって

若い血潮は 凍てついて

おまえの両眼 星のよう 飛び出して

結んだ髪も 解散り 髪の毛の それぞれが

ヤマアラシ その針のよう 逆立つだろう

永遠の 世界のことは

地上の者に 聞かせてならぬ 掟だからな

だが これだけは 耳を傾け しっかりと 聞きなさい

亡き父を おまえ敬愛 していたのなら…

## ハムレット

ああ 神よ！

## 亡霊

邪で 人の道 外れたる 殺害に 復讐の手を 下すのだ

## ハムレット

殺害と ?!

## 亡霊

どう見ても 悪質な 殺害だ

その中でも 最も邪悪 異常なもので 暴虐非道

## ハムレット

今すぐそれを 言ってください

瞑想や 恋の思いの 翼より

速く 一気に 仇一掃 してみせる！

## 亡霊

望ましい 反応だ

　　このこと 知って 奮起しなくば レーテ川[11] 岸辺に 根づく

　　ねちっこい 肥満型の 雑草よりも まだ劣る

　　さあ ハムレット よく聞きなさい

　　庭園で 昼寝の際に

　　毒蛇に嚙まれ わしは死んだと 公表された

　　その偽りの 報告が デンマーク中 流された

　　だが 忘れるな おまえの父を 嚙んだ蛇

　　今 王冠を 頂いておる

## ハムレット

　　ああ 僕の疑念が ズバリ的中！ やっぱり 叔父だ

## 亡霊

　　そうだ あの 不義で姦通 獣が

　　魔法の知恵と 裏切りの 才能生かし

　　──邪悪な知恵と 才能だ

　　誘惑の 力持つ！──自らの恥 その情欲を 満たすため

　　貞淑と 見えし王妃を 誘惑し やり遂げた

　　ああ ハムレット！ 何たる堕落 そこにあるのか

　　わしの愛 婚礼の 誓いの言葉

　　述べたときから 気高さは 変わらない

　　それなのに 天性劣る 卑しい奴に 身を任すとは

　　天使の姿 偽って 淫らな奴が 誘っても

　　美徳ある者 微動だにせぬ

---

11　ギリシャ神話 死者の霊は黄泉の国にあるレーテ川の水を飲むと、
　　地上でのことをすべて忘れるとされていた。

官能の欲望は それとは逆で 輝ける 天使と契り 結んでも
天上の ベッドに飽きて ゴミ溜めの肉 漁るもの
いや 待てよ 朝の空気の 匂いがするぞ 手短に 話すから
いつものように 午後の一時 庭園で 眠っていると
その隙 狙い おまえの叔父は
忌まわしい 劇薬を 小瓶に入れて 忍び寄り
その液体を 耳の中へと 注ぎ入れ
血と混じわらぬ その特性で
血管の中 水銀のよう 入り込み
五体を巡る 凝固剤 ミルクの中に 落としたように
健全な血を 固まらす わしの血も そうなった
見る見るうちに 滑らかな肌 かさぶたが 覆い尽くした
このわしは 眠ってる間に
命 王冠 それに妻 一気に全部 奪われた
我が罪が 収まらぬ間に 命取られて
聖餐受けず 懺悔はないし 臨終の 聖油もなしで
現世の罪を 背負ったままの 死の旅路
その末に 神の前にと 立たされた
恐ろしい！ ああ 恐ろしい！ そら恐ろしい！
おまえに情 あるのなら これは許して ならぬぞよ
デンマーク王 その寝室を 情欲と 悍ましい
近親者らの 性的な 交わりの 場としては ならぬから
だが 事を 起こすとき 理性忘れず
おまえの母に 危害加えて ならぬから

母のこと それは天にと 預けるのだぞ

胸の内なる 茨の棘が 苛むに 任せるがよい

もうこれで 行かねばならぬ

薄れゆく その光にて ホタルが告げる 朝 間近かだと

さらばだ さらば！

ハムレット わしのこと 忘れるな！ （退場）

## ハムレット

ああ 天の 星たちよ！ おお 大地！

他に何？ 地獄にも 呼びかける？

ああ 何てこと?! しっかりしろよ 我が心！

筋肉も 老いぼれず しっかり自分 支えておくれ

亡霊のこと 忘れない

この混乱の 頭の中に 記憶の力 残っていれば

亡霊よ 覚えていよう！

僕の記憶の ノートから 瑣末な 書き込み 消してやる

若い頃 書き込んだ 本からの 格言や

いろんなことや 過去の印象 それら一切 拭い去る

亡霊が 語った掟 ただ一つ

我が脳という 記憶のノート しっかりと 書き留める

他のくだらぬ 物事と 混ざらぬように

天に誓って そうするぞ

何という ふしだらな 女であるか ああ 悪党だ！

笑顔作った 忌わしい 悪党だ！

そのことは ノートに書いて おくことに

笑い笑って いる人も　悪党になる
他の国では どうなのか 知らないが
デンマークでは きっとそう 叔父などは その一人
さて 僕の 誓いの言葉
「さらばだ さらば！ わしのこと 忘れるな！」
もう 天に 誓ったぞ

**ホレイショ**

　(奥で) 殿下よ！ 殿下！

**マーセラス**

　(奥で) ハムレットさま！

**ホレイショ**

　(奥で) 天よ 殿下を お守りを！

**マーセラス**

　(奥で) そう願う！

**ホレイショ**

　(奥で) やあ おーい おい ハムレットさま

**ハムレット**

　おーい おい おい ここだ ここ！


　(ホレイショ マーセラス 登場)


**マーセラス**

　どうでした 殿下？

**ホレイショ**

何か 変わった 事件でも？

**ハムレット**

　ああ あった 驚くべきだ あったこと

**ホレイショ**

　では どうか それをお聞かせ 願います

**ハムレット**

　いや だめだ 漏らすだろう

**ホレイショ**

　いえ 絶対に！ 天に誓って！

**マーセラス**

　僕も 絶対！

**ハムレット**

　それでは 意見 聞いてみる こんなことなど ありうるか

　どうなのか でも秘密 厳守だからな

**ホレイショ & マーセラス**

　守ります 天に懸け ハムレットさま

**ハムレット**

　デンマークに ごろつきいれば

　そいつ 名うての ごろつきだ

**ホレイショ**

　それ言うために 亡霊が わざわざ墓を 出てきます？

**ハムレット**

　いや ごもっとも その通りだな

　では 詳細は 抜きにして

もうこのあたりで 握手して 別れよう
人は誰しも 用事があるし したいことなど あるからな
君たちも 同じこと そういうことで 僕のほう
これからは お祈りに 行ってくる

**ホレイショ**

ねえ 殿下 今のお話 とりとめがない

**ハムレット**

気に障ったら 申しわけない 謝るよ 悪かった

**ホレイショ**

気に障ったり してません

**ハムレット**

いや 実は 障るところが あるんだよ ありすぎるほど
幻の ことだけど あの亡霊は 正直者だ
それだけは 言っておく
でも お願いだ 亡霊と 僕の間に 何があったか
知りたいと 思うだろうが それだけは 聞かないでくれ
さて 君たちは 僕の親友 学者だし 軍人だ
僕の頼みを 聞いてくれ

**ホレイショ**

殿下 それ 何ですか? どんなことでも 聞きましょう

**ハムレット**

今夜 見たこと 絶対に 言わないでくれ

**ホレイショ & マーセラス**

絶対に!

**ハムレット**

　誓ってほしい

**ホレイショ**

　誓います 言いません 誰にも 殿下

**マーセラス**

　僕もです 誓います

**ハムレット**

　この剣に懸け！

**マーセラス**

　殿下 もう 誓いましたが…

**ハムレット**

　そうだった だが この剣に はっきりと

**亡霊**

　（地下から）誓うのだ

**ハムレット**

　ハハッ そうか！ そう言うか?!

　そこにおいでで？ 正直な方

　聞いただろう 地下からの声 宣誓しろと さあ早く！

**ホレイショ**

　では 殿下 宣誓の お言葉は？

**ハムレット**

　「見たことは 絶対に 話さない」剣に懸け 誓うのだ

**亡霊**

　（地下から）宣誓だ！

**ハムレット**

　普遍的 存在なのか？
　場所を変え やってみる みんな こっちへ
　また剣の上 手を置いて 聞いたこと どんなことでも
　他言はしない そう誓うのだ

**亡霊**

　（地下から）誓うのだ！

**ハムレット**

　地下の方 よくぞ言われた そんなに早く 動けるんだな
　尊敬に値する パイオニア
　君たちも もう一度 動いてくれる？

**ホレイショ**

　何てこと！ 奇妙で不思議！

**ハムレット**

　不思議な客と 歓迎だ
　なあ ホレイショ 天と地に
　君の哲学 及ばぬことが 山とある
　今度はこっち 先ほどと 同じ誓いを してほしい
　僕が どんなに 奇妙なことを していても
　気が触れたよう 振る舞うことが
　必要になる 可能性ある そんなとき 僕を見て
　腕組みしたり 首を振り 曖昧な 言葉に譬え 言うのなら
　「さてさて それは 知っている」とか
　「言おうとすれば 言えることだが」

そのような 謎めいたこと 口に出し

僕のこと 知ってる素振り しないでほしい

神のご加護を 得るために

後押しを 頼むから さあ剣に 誓ってくれよ

## 亡霊

（地下から）宣誓いたせ！ （二人は誓う）

## ハムレット

安らかに 慎しむがよい 心迷った 亡霊よ！

どうか 君たち よろしく頼む

今は無力な ハムレット だが 神の お導き あるのなら

君たちの 友情と 思いやりには

きっと 報いる つもりだからな

秘密を守り 手に手を取って 邁進だ よろしくな

今の世は 関節外れ ガタガタだ

祟られた 因果だな それ 正すのが 僕の使命か

さあ 共に 行くとしようか （一同 退場）

# 第2幕

## ポローニアス家の一室

（ポローニアス レナルド 登場）

**ポローニアス**
　レナルド この金と この手紙 届けておくれ
**レナルド**
　仰せの通り いたします
**ポローニアス**
　息子 会う前 彼の行状 調べる際に
　勘づかれたり せぬように
**レナルド**
　はい そのつもり しておりました
**ポローニアス**
　よくぞ申した さすがだな
　パリに いかなる デンマーク人 いるのかを 調査しなさい
　誰がどうして どれほどの 財力で
　どこにいて どんな仲間と

どれほどの 支出してるか 聞き合わせ
そうする中で 遠回しにて 息子のことに 触れてみて
相手 息子の 知人だと 気づいたならば
もう少し 深くまで 探りを入れて
息子 うすうす 知ってる 素振りした上
「父親も 友達も 知っている 本人も 少しばかりは」
そう言ってみる 分かったか?

**レナルド**

承知しました

**ポローニアス**

「少しばかり」と それに加えて
「それほどは 親しくないとか 人違いか 分からぬが
乱暴で 道楽者で」どんなことでも いいからな
好き勝手にと 貶すんだ
だが 名誉を穢す 下品なことは 言ってはならぬ
それだけは 気をつけるんだ
放逸な 若者に ありがちな いたずらや 乱れた暮らし
よく起こる 過ちだけに しておくことだ

**レナルド**

賭事などは?

**ポローニアス**

飲酒 剣術 悪口雑言 口喧嘩 女遊びは 目をつむる

**レナルド**

閣下 それでは 名誉に傷が つくのでは?

**ポローニアス**

　いや それはない 問題は 言い方しだい

　女との 遊興の スキャンダルなど 言ってはならぬ

　わしの意図とは 違うから 彼の欠点 若さ故 自由奔放

　激情の ほとばしり 抑制利かぬ 狂暴さ

　一般的な 問題として 話しておけば それで良い

**レナルド**

　でも 閣下

**ポローニアス**

　なぜそこまででも する必要が あるのかと 聞きたいのだな

**レナルド**

　はい 閣下 よろしければ…

**ポローニアス**

　では わしの意図 教えてやろう

　巧妙な 手法だと わしには自信 あるからな

　制作途中 ついた汚れが あるように

　わしの息子に ちょっと傷など つけたなら

　よく聞けよ 話し相手が 話題の男

　今述べた罪 したのを見れば

　同意して きっと こう 言うだろう

　「友よ」とか「旦那」とか

　「そうだ ご主人」その言い方は

　出身地 身分によって 異なるが…

**レナルド**

　ごもっともです

**ポローニアス**

　すると その 何が… この

　ええっと わしは 何を言おうと しておった？

　一体 わしは 何の話を していたか？

**レナルド**

　話す言葉が「身分によって 異なる」と

**ポローニアス**

　思い出したぞ きっとこう言う

　「あの人ならば 知っている」

　「昨日 見ました いや 先日に ずっと前

　いつだったのか 不確かですが

　おっしゃる通り 賭事をして 酔い潰れ

　テニスのときに 喧嘩となって」

　それだけでなく「売り買いの店

　要するに 売春宿に 入るのを見た」とか 分かったろうな

　偽りの餌にて 真の鯉を 釣り上げるのだ

　広い知識と 先見の明 兼ね備えたる 我々は

　間接的な アプローチにて 直接 目当てに 辿り着く

　前もってした この説教と アドバイス

　これを使って 息子の様子 探って参れ 分かったな

**レナルド**

　はい しっかりと

**ポローニアス**

では 気をつけて 行ってくるのだ
**レナルド**
　承知しました
**ポローニアス**
　彼の行状 自分の目にて 観察いたせ
**レナルド**
　仰せの通り してきます
**ポローニアス**
　思いのままに 息子 行動 させてみて
**レナルド**
　はい 閣下
**ポローニアス**
　では さらば！ （レナルド 退場）


（オフィーリア 登場）


おや どうかした？
オフィーリア 何かあったか？
**オフィーリア**
　お父さま すごいこと 私 怖くて たまらない
**ポローニアス**
　一体 それは 何なのだ？
**オフィーリア**
　私が部屋で 縫い物を していると

ハムレットさま 上着の胸を はだけさせ

帽子被らず 靴下汚れ ガーターなしで

足枷のよう 足首にまで 垂れ下がり

そのお顔 お召しになった シャツほど白く

両膝を ガクガクと 震わせて

地獄での 悍ましさ 告げるかのよう

哀れな目をし 私の前に 現れました

**ポローニアス**

おまえ求めて その愛に 狂われたのか？

**オフィーリア**

分かりませんが お父さま

そうならば どうしたら いいのです？

**ポローニアス**

何と言われた？

**オフィーリア**

私の手首 固く握って 腕を伸ばして 後ずさり

もう一方の お手を額に かざしつつ

肖像画でも 描くかのよう

私の顔を まじまじと ご覧になって

かなりの時間 そのままの お姿で 動かれず

しばらく経った その後で 私の腕を 軽く振り

このように 頭を三度 上下させ

哀れを誘う 深い溜め息 おつきになって

あたかも 体 瓦解して 消え入るようで

61

その後で 私の手 お離しになり
肩越しに 私を見つめ 目などなくても 行く道 分かる
そう言いたげに 目の助けなく 出て行かれました
最後まで 私をずっと 見つめたままで…

**ポローニアス**

さあ ついて 来るがいい 陛下 探しに 行かねばならぬ
まさしく 愛の エクスタシーだ
激情に かられると 取り返し つかなくなって
とんでもないこと しでかす場合 あるからな
欲情が 人格を 蝕むことは よくあることだ
残念だがな 困ったことだ
最近 おまえ ハムレットさま 直接に
無情なことを 言ったのか?

**オフィーリア**

いえ お父さま でも 言いつけに 従って
お手紙などは 受け取らず
伝えましたわ「もう会えない」と

**ポローニアス**

狂気の沙汰の 原因は それ
王子さま そのご様子を もっと詳しく
見ておけば こんなことには ならなかったな
戯れの お気持ちで おまえのことを
穢されるなど 早まった 老婆心
いやはや これは 用心過剰

若者に 思慮分別が 欠けるが如く
老人は 取り越し苦労 するものだ
さあ 王の下 急いで行こう お伝えせねば ならぬこと
恋愛沙汰は 語りたく ないのだが
隠しておけば さらなる悲痛 生むだろう さあ 行くぞ
(二人 退場)


# 第 2 場

## 城内の一室


(国王 王妃 R&G[12] 従者たち 登場)

**国王**

やあ よく来てくれた
ローゼンクランツ ギルデンスターン
以前から 会いたい気持ち あったのだ
その上に 君らの力 借りる必要 迫られて
急遽 使いを 出した次第だ
ハムレット その外面と 内面の 変質のこと
聞き及んでは いるはずだ 昔とは 全く違う
自己統制を 失った 理由とは

---

12 「ローゼンクランツ ギルデンスターン」は、以下、二人セットで
登場する場合、重要な台詞以外は、R&G で表記する。

父親の死去 それ以外 わしに見当 つかぬのだ
そこで 二人に 頼みだが
君たちは 幼馴染で 十代の頃 共に過ごして
気心は 分かってるはず
そこで 頼みは 宮廷に わずかな期間 滞在し
ハムレット つれづれと なったとき[13]
気晴らしに 誘い出しては くれないか？
そして 機を見て 誰も知らない
苦悩の理由 解き明かせれば 対処の仕方 分かるはず

**王妃**

ようこそ ここへ
お二人のこと 王子から よく聞いて おりますわ
お二人ほどの 仲の良い友 他にはいない
しばらく ここに ご滞在され
私たちには 希望の光 灯すため
礼節と 好意のほどを お示しを
そのお礼とし 国王からは
それ相応の 報奨が 下されるはず

**ローゼンクランツ**

頼むなどとは おっしゃらず
ご威光により 命令を 発してください

**ギルデンスターン**

---

13 「徒然」（物思いに耽る事） 連れ連れ（連れの二人）。

もちろん 我ら 両名は
我が身 足下（そっか）に 投げ打って 命令通り 行う所存

**国王**

礼を申すぞ 両名の者

**王妃**

感謝しますわ お二人に お願いよ 今すぐに
どこかおかしい 息子に会いに 行ってみて
様子を聞いて くださいね
さあ 誰か お二人を お連れして…

**ギルデンスターン**

我々が 殿下のそばに いることで
お力に なれるのならば 望外の 幸せですね

**王妃**

そのように 願っています　（R&G 従者たち 退場）


（ポローニアス 登場）


**ポローニアス**

陛下 今 ノルウェーに 出した使者
良い知らせ 携えて 戻りましたぞ

**国王**

今もまだ おまえ 朗報 生みの親

**ポローニアス**

その言葉 有り難き 幸せですな

考えますに 小生は 神と国王に
仕えることを 第一に 思っています
それよりも 小生は ハムレットさま
狂気の理由 見つけましたぞ
もしこれが 思い違いで あるのなら
この頭では かつてのように
知恵の小道を 追い求めたり できぬはず

**国王**

おお それを 是非にても 話しては くれないか

**ポローニアス**

まず使者に ご面会 されまして
我が知らせ この使者の 盛大な 正餐を
頂いた後 出されます デザートとして

**国王**

その者たちを 歓迎し ここへ案内 いたすのだ
（ポローニアス 退場）
ガートルード ポローニアスの 話によると
ハムレット 狂ったことの 原因を 突き止めた らしいのだ

**王妃**

原因ならば その主なもの 父親の死と
私たちの 早すぎた 結婚以外 ないのでは？

**国王**

まあ 後で 問い質す

（ポローニアス ヴォルティマンド コーネリアス 登場）


任務 ご苦労 感謝いたすぞ

さあ ヴォルティマンド ノルウェー王の 返事はどうだ？

**ヴォルティマンド**

丁重な ご挨拶 ご誓約 頂きました

まず第一に 王はすぐさま 使者を出し

甥の徴兵 差し止めの ご命令

王はそれ ポーランドへの 備えだと 思っておられ…

しかし 詳しい 調査の結果

我が陛下への 敵対行為と 判明し

ご自分の 病弱や 老齢や 非力のために

欺かれてた 事実知り 嘆かれて

フォーティンブラス 召喚された

王からの 叱責を受け 直ちに 命に従って

陛下に対し 軍事行動 しないこと ついに誓約 されました

老王は 殊の外 喜ばれ 年額で 三千クラウン 下賜されて

召集された 兵みんな ポーランドへの

作戦に 向かわせる 任命辞令 出されました

詳細は この書面に 記されてます （書類を手渡す）

出兵のため 我が領土内 通過の際の

その容認と 安全に 関してのこと

**国王**

それならば 満足である

この件に 関しては 熟読し

じっくりと 考えて 返答いたす

喫緊（きっきん）の 難題に 対処してくれ 礼を言う

しばらくは 休むがよいぞ 今宵には 祝いの宴 催すからな

（ヴォルティマンド コーネリアス 退場）

## ポローニアス

この件は うまく決着 しましたな

両陛下への 忠告などは 王たる者は どうあるべきか

臣下の義務は 何であるのか

なぜ昼は昼 夜は夜 時は時かを 詮議したとて

昼や夜 時などの 浪費であるの 間違いはない

従って 簡潔さこそ 知恵の真髄

冗長（じょうちょう）さには 枝葉末節 多すぎる

それで小生 簡潔に 申します

王子さま 気が触れてます 狂気です

狂気の定義 気が触れること

それ以外 考えられぬ ことでして…

さて それは さておいて

## 王妃

もったいぶらず 本題を！

## ポローニアス

王妃さま もったいぶっては おりません

殿下は ひどく 狂ってられる 本当ですよ

本当で 哀れなことで 哀れなことに 本当ですよ

馬鹿げたことを 申しました
もうそれは やめにして もったいぶらず
殿下は 今は 気が触れている
その気狂いの 結果の原因
平たく言えば 欠陥の欠点を 突き止めること
と言いますのも 欠陥的な 欠点は
原因により 起こるもの そういうわけで 問題残り
残った問題 これなのですよ よくお考え いただいて
小生に 娘が一人 おりまして
嫁に行くまで 小生のもの 親孝行で 従順で
お聞きください 小生にこれ 見せました
内容を知り ご推察 お願いします
「僕の心の 天使のような アイドルで
賛美与える 最高の オフィーリア」
これなどは 不適切だし 恥ずべき言葉
「アイドル」 などは 俗悪な 表現ですな
もう少し お聞きください その先を
「その素晴らしい 白い胸にと この言葉 捧げつつ…」

**王妃**

ハムレットから オフィーリアに？

**ポローニアス**

王妃さま しばらくは お静かに
書かれたままに 読みましょう
　　「星が火なのを 疑って

太陽が天 巡るのを 疑って
　　真を嘘と 疑おうとも
　　　　（まこと）
　　我が愛を 疑うなかれ
　　いとしい貴女 オフィーリア
　　　　　　　（あなた）
　　詩を書くなどは 苦手です
　　心のあえぎ その声を
　　数えることは できないが
　　君を一途に 愛してる
　　　　（いちず）
　　ああ 誰よりも… 嘘じゃない さようなら
　　この体 己のもので ある限り
　　永遠に 君のもの 夢路いとしく 君に恋して[14]
　　ハムレットより」
　言いつけ守り 娘はこれを 小生に 見せまして
　殿下が愛を 囁いた 場所 時 手段 みんな皆
　　　　　　　　　　　　　　　　　　　　（みな）
　この耳に 入っています

## 国王

　では 娘 その告白を どう受け止めた？

## ポローニアス

　小生を 何と考え そうおっしゃるか？

## 国王

　忠実で 高潔な 男だとして…

## ポローニアス

———————————

14　昭和・平成時代の兄弟漫才コンビ「夢路いとし 喜味こいし」へのオマージュ。

70

そうありたいと 念じています
ところで 一つ どうお思いに なるでしょう？
前もって 言いますが このことは 娘 告白 する前に
気づいては いたのですけど もし小生が 机やノート
そのように 黙して 動かず 見ザル 聞かザル 言わザルと
熱い炎の 恋愛沙汰を 見過ごして いたならば
陛下 王妃は どう お思いに なるでしょう？
小生は すぐに手を打ち 娘には こう言いました
「ハムレットさま 王子さま
おまえの手には 届かぬ星の 存在だ
関係などは 結んでならぬ」
行動を 制限し 殿下の訪問 受けてはならぬ
使者は断られ プレゼントなど 拒否すべし
言いつけ 娘 よく守り その結果
手短に 申しますなら 殿下 肘鉄 くらわされ
悲しみに 打ちひしがれて 食欲不振
不眠衰弱 目眩を起こし 容態は 悪化の一途
挙句の果ては 取りとめのない ことばかり
話し出し 発狂すると いう始末

**国王**

おまえは これを どう思う？

**王妃**

そうなのかしら？ ありうる話

**ポローニアス**

小生が はっきりと 「そうです」 と 言ったこと
そうでなかった ことなどは なかったことと 存じます

**国王**

知ってる限り なかったな

**ポローニアス**

違ってたなら これとこれ （頭と肩を指差して）
切り離し お願いします
状況が 許すなら 真実を 探り当てます
奥深く 地球の底に 隠されてても…

**国王**

どのようにして 探り当てるか？

**ポローニアス**

殿下 時々 長時間 この廊下 歩き回って おられます

**王妃**

確かに そうね

**ポローニアス**

タイミング 見定めて 殿下へと 娘 向かわす 手筈整え
陛下と二人 タペストリーの 背後に隠れ
出会いの様子 窺って みるのです
もし 殿下 娘 愛する 事なくて
狂気の理由 失恋で ないのなら
国務の地位を 解いて頂き
農夫になるか 荷車人夫に なりましょう

**国王**

では やってみる

**王妃**

ほら あそこ やつれた顔で 本を読みつつ やって来る

**ポローニアス**

さあ どうぞ お二人 共に あちらへと…

今すぐ彼に 当たってみます （国王 王妃 従者たち 退場）


（本を読みながらハムレット 登場）


ハムレットさま ご機嫌は いかがです？

**ハムレット**

いいよ とっても 絶好調だ

**ポローニアス**

小生のことを ご存知で？

**ハムレット**

知りすぎるほど 知っている 魚屋だろう

**ポローニアス**

いえ 殿下 違います

**ハムレット**

そうならば 魚屋ほどに 正直者で いてほしい

**ポローニアス**

正直ですよ

**ハムレット**

なるほどな 今の世で 正直な者 一万人に 一人ぐらいだ

**ポローニアス**

　殿下 それ おっしゃる通り

**ハムレット**

　もし太陽が 犬の屍骸にウジ湧かすなら

　腐った肉に 甘いキスなど するが如くに

　——娘はいるか？

**ポローニアス**

　はい おりますが…

**ハムレット**

　燦々と照る 太陽の下 娘をサンポ させるなよ

　おまえの娘 妊娠するかも しれないぞ 用心しろよ

**ポローニアス**

　〈傍白〉何てこと?! 娘のことを まだ話してる

　最初はわしを 識別できず わしのこと 魚屋と 見間違う

　頭がかなり イカれてる イカれすぎだな

　若い頃 わしでさえ 恋煩いに なったもの

　これほどで なかったが… もう一度 話しかけよう

　（ハムレットに）さて 殿下 何をお読みで？

**ハムレット**

　言葉 言葉だ 言葉だよ

**ポローニアス**

　中には何が？

---

15　ここでもまた原典 "sun/son" の掛詞「さんさん／サンポ」は筆者
　のしゃれ。

**ハムレット**

　誰と誰との 仲のこと？

**ポローニアス**

　読まれてる 本の中身の ことですよ

**ハムレット**

　中傷だ 嫌みな奴が 書いている

　老人なるは 髭は白 顔は皺 目から出るのは 黄色い脂<ruby>脂<rt>やに</rt></ruby>で

　ねっとりとして 知能は劣化 筋力低下

　これすべて 事実であるが

　こんなこと 書き連ねるの 誠意あるとは 思えない

　蟹のよう あなた 後ろに 歩けたら

　僕とは年が 同じほどに なるはずだ

**ポローニアス**

　〈傍白〉気が触れて いる割に まともな返事

　殿下 中へと お入りに なってください

**ハムレット**

　墓の中へか？

**ポローニアス**

　実際 それも 中ですな

　〈傍白〉この返事 また 含蓄のある 言葉だな

　気が触れた者 幸福を 射止めることが あるという

　正気の者に 都合良く 与えられたり しないもの

　今 ここで お別れし すぐにでも

　彼と娘を 出会わせる 手筈をしよう

殿下 しばらく お暇を 頂戴します

**ハムレット**

もうあげるもの 何もない

命以外は！ 命以外は‼ 命以外は‼️

**ポローニアス**

では これで 失礼します

**ハムレット**

年老いた 愚か者には うんざりだ


（R&G 登場）


**ポローニアス**

ハムレットさま お探しですな ほら あそこです

**ローゼンクランツ**

恐れ入ります　（ポローニアス 退場）

**ギルデンスターン**

栄誉ある 我が殿下

**ローゼンクランツ**

ああ 殿下 お久しぶりで

**ハムレット**

やあ 友よ 久しぶり 元気かい？

ギルデンスターン ローゼンクランツ

二人とも 調子はどうだ？

**ローゼンクランツ**

良くもなく 悪くもなくて 平均ですね

**ギルデンスターン**

幸せすぎで ないことが 本当の幸せで

幸運の 女神の帽子 あたりでは ありません

**ハムレット**

靴の底 あたりでも ないだろう

**ローゼンクランツ**

おっしゃる通り

**ハムレット**

それじゃ女神の 腰のあたりか 女の色香の ド真ん中

**ギルデンスターン**

ご明察 目指す所は プライベート ゾーンです

**ハムレット**

女神の陰の 部分だな そうだろう

あの女 あばずれだから… ところで何か 知らせでも?

**ローゼンクランツ**

いえ 別に この世には 正直な人 増えてきました

**ハムレット**

それは この世の 終わりが近い 証拠だな

だが 言っておく 君の知らせは 本当と 思えない

一つだけ 特に質問 あるからな

良き友よ どうして女神 君たちを

こんな牢獄 送り込んだか?

**ギルデンスターン**

殿下 ここ 牢獄ですか？

**ハムレット**

　デンマークなど 牢獄だ

**ローゼンクランツ**

　そうならば 世界中 牢獄ですね

**ハムレット**

　相当な数の 牢獄だ 独房や 監房や

　地下牢などが あるけれど デンマークのは 最低だ

**ローゼンクランツ**

　そうとは とても 思えませんが

**ハムレット**

　おや そうならば 君にとっては

　牢獄でない ただそれだけだ

　この世には 絶対的な 善や悪など 存在しない

　主観がそれを 作るんだ 僕にとっては 牢獄なんだ

**ローゼンクランツ**

　それ きっと 殿下は大志 抱かれている

　そのせいで デンマークなど 小さすぎ

　牢獄に 思えるのです

**ハムレット**

　何を言う！ クルミの殻に 閉じ込められて いようとも

　僕自身 無限の宇宙 その王者だと 思うだろう

　悪い夢など 見なければ…

**ギルデンスターン**

78

その夢こそが 実際は 理想です

理想の実体 単なる夢の 影にしか すぎません

**ハムレット**

夢 それ自体 影なのだ

**ローゼンクランツ**

その通り 僕が思うに 理想とは

空気のように 軽いもの そんなのは 影の影

**ハムレット**

その論理なら 乞食が実体

王や英雄 乞食の影と いうことになる

宮廷にでも 出かけるか？

もう 理屈 こねるのは ここまでにする

**R & G**

お仰せのままに

**ハムレット**

やめてくれ 君たちを 召使い並み

扱いたくは ないからね

正直言って 召使いには 困り果ててる

分け隔てない 旧友として 正直に 言ってくれ

君たちは なぜ エルシノアに 来たんだい？

**ローゼンクランツ**

会いたいからで 他に理由は ありません

**ハムレット**

目下のところ 乞食の身

ろくに礼さえ できないが でも ありがとう
僕からの感謝など 価値など何も ないけれど
君たちは 呼びつけられて いないのか?
自分の意志か? 来たくて来たか?
まあ 正直に 言ってくれ さあ 早く!

**ギルデンスターン**

何と申せば いいものか…

**ハムレット**

何とでもいい 正直に 答えるのなら
呼び出されたな 君たちは 正直すぎる
顔にしっかり 書かれてる
立派な王と 王妃二人に 呼ばれただろう

**ローゼンクランツ**

何の目的?

**ハムレット**

それはこっちが 聞きたいことだ
友達として 幼馴染で 友情の 証とし
さらに他にも つけ加えたい 話はあるが
頼むから 本当のこと 言ってくれ
呼び出されたか? そうでないかを!

**ローゼンクランツ**

〈ギルデンスターンに傍白〉さあ どう言おう?

**ハムレット**

〈傍白〉いや それならば しっかり見張る

僕のこと 思ってくれる 気があるのなら

隠し立て しないでくれよ…

## ギルデンスターン

殿下 我らは 呼び出され ここに来ました

## ハムレット

そのわけを 教えよう 僕が先にと 打ち明けたなら

君たちが わざわざ探す 手間が省ける

それにまた 両陛下との 密約も

破ることなく 済ませるだろう

僕は最近 何をしても 楽しくないし

日頃していた 運動も やめてしまった

この素晴らしい 大地さえ 不毛の岬 そう映る

この麗しい大空 大気 見てごらん この雄大な 天空を

黄金の火で 飾られた 壮麗天井も

僕にとっては 邪気で 毒気の 集合体に 見えるのだ

人間は 神が造った 何という 傑作だ！

高貴な理性 無限の素質 姿 形や その動き 天使のようで

表現力も 粋なもの 理解力など 神のよう

この世の美 模範的 生き物だ

だが 僕にとっては 塵にまみれた 第五元素[16]

ところが 僕は 人間を見て 楽しまず

女でも 同じこと 君のその ニヤけた顔は

---

16 「気・火・地・水」の四元素の他に、もう一つあると考えられて
いた謎の元素。

女は別と 言ってるようだ

**ローゼンクランツ**

　いえ 殿下 私には そんな考え 全くもって ありません

**ハムレット**

　では なぜ 僕が「人間を見て 楽しまず」

　そう言ったとき 君は笑った？

**ローゼンクランツ**

　人間を見て 楽しまれない そうならば

　役者など 殿下から いかに 微々たる お手当を

　もらうことに なるのかと 危惧したまでで

　ここへの途中 殿下に芝居 観せるため

　こちらへ向かう 役者連中 追い越したので…

**ハムレット**

　王の役 演ずる者は 大歓迎だ 賛辞与える

　勇敢な 騎士役は 剣や楯など 使わせて

　恋人役の 溜め息に 祝儀をはずむ

　気まぐれ男 穏やかに 役を終え

　道化役など ゲラゲラと 笑わせて

　女役には 好き勝手にと しゃべらせる

　そうしないなら リズム感 なくなって

　台詞の流れ 止まってしまう

　その役者たち どこの者？

**ローゼンクランツ**

　都で演じる 殿下 贔屓(ひいき)の 悲劇役者で…

**ハムレット**

　どうしてなんだ？ 旅回りなど してるのは？

　本拠地で 評判があり 収益も 上がってて

　そこにいるのが 得ではないか?!

**ローゼンクランツ**

　最近の 情勢悪化<sup>17</sup> その煽り受け

　上演禁止 命令下り そのためでしょう

**ハムレット**

　僕が都に いたときと 同じ人気を 博してる？

　贔屓の客も まだ多い？

**ローゼンクランツ**

　いえ 今は 残念ですが それほどまでは…

**ハムレット**

　どうしてなんだ？ 時代遅れに なったのか？

**ローゼンクランツ**

　いえ 引き続き 彼らの努力 続いています

　ところがですね 近頃は 子供一座が 現れて

　大人気 博しています

　これが今 流行し 彼らが言うに 大衆の 演劇を

　「大人芝居」と 呼び名をつけて 撃破する 勢いで

　帯剣の者たちも 作者のペンに 恐れ入り

　大衆劇を 見に来ない

---

17　1601 年に起こったエセックス伯爵（エリザベス一世の寵臣ロバー
ト・デヴァール）のクーデターによる社会不安。

**ハムレット**

 何だって？ 子供劇団？ 誰のお抱え？
 報酬は 誰が払って いるのだね？
 声変わりして 歌えなくなり
 大人芝居の 世代になれば どうする気？
 大人芝居を するのかい？
 他に仕事 ないのなら しかたがないが
 とりもなおさず 自分の未来
 否定したから 台詞を書いた 作家らを
 恨むのだけが 関の山

**ローゼンクランツ**

 実際に お互いの 反目は 目を覆うほど 激烈で
 世間がそれを 面白がって けしかけて
 双方が 大喧嘩する 場面を劇に 入れないと
 観客が 入らぬ時期も ありました

**ハムレット**

 その話 本当か？

**ギルデンスターン**

 お互いの 相当の けなし合い ありました

**ハムレット**

 子供役者が 勝ったのか？

**ローゼンクランツ**

 はい 殿下 その通りです 彼らの勝利
 ヘラクレス 彼の荷物は まとめて ごっそり 奪われた

84

**ハムレット**

　それ何も 不思議ではない 僕の叔父 今 デンマーク王

　父が王 そのときは 叔父に対して

　しかめっ面を していた輩

　叔父の小さな 肖像画 手に入れようと

　二十 四十 五十 いや百ダカットも 支払って

　買い漁<ruby>漁<rt>あさ</rt></ruby>るんだ

　哲学にては 解明できぬ 自然を超えた 何物か

　そこにはきっと 存在するね　（トランペットの音）

**ギルデンスターン**

　役者らが 来たようですね

**ハムレット**

　二人とも エルシノアまで よく来てくれた

　まずは握手だ さあ手を出して

　歓迎の意を 示すため 儀式ばるのが 流儀だからな

　この様式で 君たちを 迎えたい

　役者らも 歓迎せねば ならぬから

　君たちよりも 役者らを より盛大に 迎えてる

　そんな印象 与えたくない よく来てくれた！

　叔父の父上 叔母の母上 勘違い してるんだ

**ギルデンスターン**

　殿下 それ 何のこと？

**ハムレット**

　北北西の 風吹けば 僕は発狂 するんだよ

　　　　　みなみかぜ　　　　 たか・・　　　　　・・18
　　南風なら 鷹の子と 手引きのことの 違いは分かる


（ポローニアス 登場）


**ポローニアス**
　お二方とも ご機嫌よう
**ハムレット**
　聞いてくれ ギルデンスターン 君もまた 耳を傾け 集中し
　そこにいる 体のデカい 赤ん坊 まだオムツ 取れてない
**ローゼンクランツ**
　きっと二度目の ことでしょう
　年を取ったら 二度目の子供 そう言われてる
**ハムレット**
　予言できるよ 役者のことを 告げに来たんだ
　見ていてごらん（ポローニアスに）言われた通り！
　月曜の朝 確かにそうだ
**ポローニアス**
　お知らせしたい ことあるのです
**ハムレット**
　お知らせしたい ことあるのです
　ルシャス ローマで 役者のときに…
**ポローニアス**

---

18　原典 "hawk"（鷹）/ "handsaw"（[手引き]のこぎり）　真意不明の
　シェイクスピアのギャグ。

殿下 今 役者連中 到着いたし…

**ハムレット**

それがどうした?!

**ポローニアス**

最高ですよ 勝ち馬に賭け！

**ハムレット**

そうならば 役者たち ロバで来たのか？

**ポローニアス**

名優揃い 天下一

悲劇や喜劇 歴史劇 牧歌劇 牧歌的喜劇とか

歴史劇的牧歌劇 悲劇的歴史劇

悲劇的喜劇的歴史劇的 牧歌劇

場面や台詞 途切れずに 続いても

セネカの劇も 重すぎず[19] プロータスでも[20] 軽すぎず

形式ばった劇も良し 自由形式 さえこなす

比類なき 役者たち

**ハムレット**

イスラエルの 名判官 エフタ殿[21] 宝物を お持ちだな

**ポローニアス**

---

19　古代ローマの悲劇作家。

20　古代ローマの喜劇作家。

21　旧約聖書　神に戦勝させてもらい、凱旋できたときには、自分の家から最初に出迎えに来るものをお礼として生贄にすると誓った。勝利して帰国すると、最愛の娘が最初に出迎えたので、断腸の思いで、自分の娘を神に捧げた。人を生贄にしてはならないという教え。

どんな宝を お持ちです？

**ハムレット**

おや それは 美人の娘

目に入れたって 痛くないほど 可愛い娘

**ポローニアス**

〈傍白〉また始まった 娘のことが…

**ハムレット**

図星だろ 老人エフタ！

**ポローニアス**

もし 小生を エフタ呼ばわり なさるなら

可愛がってる 娘がいると 言いますが…

**ハムレット**

いや違う 続きは そうは 来ないんだ

**ポローニアス**

それならば どんな続きが 来るのです？

**ハムレット**

「運命なるは 神の定めで」その後は

「物事は なるようにしか ならぬもの」

聖歌見て 第一節を読んだなら 分かるはず

ほら 僕の 気晴らし一座 やって来た


（四・五人の役者たち 登場）


ようこそ みんな よく来てくれた

元気そうで 何よりだ 歓迎するよ 久しぶり

この前は そんな髭 なかったな

デンマークにて そのヒゲで 僕にヒゲ[髭] させる[卑下] つもりか？

おや これは 若き女性で 奥方さまの[22]

背丈は グッと 伸びたよな

この前の 高底靴の 高さはあるな

君の声 ニセ金のよう ひび割れぬよう 願ってる

みんな皆 大歓迎だ

フランスの 鷹匠のよう 素早く事を 成し遂げる

一つ台詞を 言ってみて その質の良さ 見せてくれ

さあ 頼む 情熱こもる 台詞を一つ

## 座長

どんな台詞が お望みで？

## ハムレット

一度だけ ずっと前だが 聞かせてくれた 台詞だが

上演されず されたとしても 一回限り

大衆を 喜ばす 類[たぐい]じゃなくて

彼らには キャビアのように 無縁のものだ

でも 僕が 思うには 僕よりも 見識のある 人たちが

その劇に 高評価 つけていた

場面場面に 要点が 溶け入って 巧みな抑制 効いている

---

22　当時、女性の役者はいなかったので、少年が女役であった。しば
らく見ないうちに、背が高くなっていた。

ある者が 言っていた 芝居の味を 良くするために

台詞の中に 添加物など 混入はなく

さらに 作家の 気取り匂わす 言葉もないし

誠意ある 書きぶりで 整形でなく 真の美を 兼ね備え

喜ばしくて 理に適う ものだった

その中で 僕がことさら 気に入ったのは

アイネアスが<sup>23</sup> ダイドーに<sup>24</sup> 語る台詞の 一節だ

特筆すると プライアムの<sup>25</sup> 惨殺シーン 優れてる

記憶の中に 残っていたら その台詞から 始めてほしい

――「ヒルカニアに<sup>26</sup> 棲む 猛虎の如く 豪傑ピュラス<sup>27</sup>」

そうじゃなかった ピュラスから 始まって

「豪傑ピュラス 黒い鎧に 身を固め

夜に似た 黒装束に 黒の紋

暗い顔して 不吉な馬に 潜むとき

頭から 足までみんな 炎の色に 染めたのは

恐ろしい 計略により 父母娘 息子らの 血が流れ

血潮の絵 刻まれた 焼け焦げた路

---

23　ギリシャ・ローマ神話 トロイの武将 トロイ戦争に敗れ、イタリアに逃れ、ローマ建国の祖となる。

24　ギリシャ・ローマ神話 カルタゴを建国した女王。アイネアスを熱愛したが、捨てられて自殺した。

25　トロイ最後の王。

26　カスピ海の南東部の海岸沿い、古代ペルシャの一地方。

27　アキレウスの息子。トロイの木馬の腹に隠れてトロイに潜入し、トロイを滅亡させた。

狂暴な 殺人に 非道な光 投げかける
血糊べっとり 体につけて
怒りの炎 身を焦がし 目は爛爛と ざくろ石
魔性のピュラス 求む相手は 老い果てた プライアム」
ここから先は 続けてくれよ

## ポローニアス

いやはや殿下 お見事ですね 発声法や 節回しなど

## 座長

「プライアム 時を移さず ピュラスと対峙
ピュラスに向かい 打って出る
されど切っ先 届かずに 老いの腕には 重すぎて
剣はあえなく 地に落ちる
無敵のピュラス ここぞとばかり
プライアムにと 斬りかかる
力余って 狂った剣は 空を斬る
打ち下ろされた 剣の勢い
その風に 煽られて 気弱に王は 倒れたり
感覚持たぬ トロイの城も その一撃を 受けたかのよう
燃え盛る 櫓もろとも 崩れ落ち
その轟音で ピュラスの体 呪縛され
今まさに 白髪の 尊き頭上
その剣が 振り下ろされし その瞬間に
凍りつき 静止画 ピュラス

意志を失くした　像のよう　立ち尽くす

天は静寂　雲 動き止め　狂風 静止　地は死の如く　黙すだけ

しかし それ 嵐の前の　静けさで

アッという間に　恐怖の雷鳴　周囲 切り裂き

ハッと ピュラスは 己に返り　復讐心を 再燃させて

サイクロップス[28]　手にしたハンマー

不滅の鎧　身につけた

軍神マルス[29]　その人に　振り下ろされた

血を呼ぶ ピュラス その剣は

呵責なく プライアムの 頭上に落ちて

その首を 地上に落とす

消えろよ 消えろ！ あばずれの 女神ども

ああ神々よ その総意にて 女神の力 剥ぎ取って

その糸車 天の丘から 投げ下ろし

地獄の底へ 落とし込め！」

**ポローニアス**

　長過ぎますな

**ハムレット**

　あなたの髭と 一緒にカット してもらう？

　どうか続けて やってくれ

　あの男 歌や踊りか みだらなもので ないのなら

---

28　ギリシャ神話 鍛冶技術を持つ単眼の巨人。

29　ローマ神話 戦と農耕の神。

すぐに寝入って しまうのだ さあ 先を！ ヘキュバ[30]の場面

## 座長

ああ しかし 一体誰が

深々と「フード 被った 女王さま」を 見たという…

## ハムレット

「フード 被った 女王さま」？

## ポローニアス

それはいい！「フード 被った 女王さま」は とてもいい

## 座長

襲い来る 炎のために 裸足になって 逃げ惑い

盲目に なるほどに 涙を流し

王冠を 戴いた 頭上には ボロ頭巾 ただ一つ

着てるもの 優雅な服と 大違い

多くの子 宿した腰は 痩せ衰えて

今 それを 覆うのは 恐怖のあまり

掴んだ毛布 ただ一枚で

これを見て 毒を含んだ 言葉にて

運命の 女神にも 呪わぬ者が いるであろうか！

もし 神々が ピュラスが 為した

気晴らしで 見せしめの 残虐行為

——プライアムの その手足 すべて切り取り——

---

30　ギリシャ神話 トロイの王プライアムの妻。十九人の子供を生んだ。その中に絶世の美女ヘレナを奪い去り、トロイ戦争の原因を作ったパリスもいる。

それを目にした 妻の慟哭 血の叫び
もし神々が ご覧になれば
いつもなら 人の世のこと 動揺されぬ 神々も
このことに 心乱され 激しい情に 駆られたならば
天の星には 涙流させ 給うはず

**ポローニアス**

ご覧ください！
顔は蒼ざめ 目には涙を 浮かべています
頼みますから もうこの辺で！

**ハムレット**

じゃあ そこまででいい 続きのところ またの機会に
ポローニアス 役者らの 寝泊りの件 よろしく頼む
手厚い もてなし 忘れずに
役者 そもそも 時代を映す 真髄だ
言い換えるなら 年代記
生きてるうちに この連中に
悪評を 立てられるより 死んだ後 まずい墓碑銘
書かれるほうが まだましだろう

**ポローニアス**

では この者ら 相応の 扱いを いたしましょうぞ

**ハムレット**

何だって！ 相応以上で やってくれ
誰であろうと 分相応に 扱われたら
鞭打ちの刑 免れぬ 自分自身の 名誉と品位

それに応じて もてなしを するがいい

もてなしが 過度ならば それだけ ホストの 世評が上がる

さあ お連れしてくれ

**ポローニアス**

では こちらへと

**ハムレット**

じゃあ みんな ついて行くのだ 芝居は 明日 見せてくれ

(座長以外の役者たち ポローニアス 退場)

ちょっと頼みが あるんだよ

「ゴンザーゴ 暗殺」を 演じてほしい

**座長**

はい 殿下

**ハムレット**

明日の晩に やってくれ 十二行から 十六行を つけ足すが

それを覚えて やってくれるね

**座長**

お安い ご用

**ハムレット**

安心したよ あの老人に つき従って

からかったりは よくないからな  (座長 退場)

(R&G に) 本当に エルシノアまで 来てくれて

ありがとう 今宵まで お別れだ

**ローゼンクランツ**

では その折に  (R&G 退場)

## ハムレット

じゃあ またな

やっとのことで 一人になれた

何て 僕 ごろつきで 情けない 男なんだよ

今の役者は フィクションに 入り込み

情熱の夢の中 魂を込め 想像力を 掻き立てる

その作用にて 顔面は 蒼白となり

目に涙 溜め 表情は 乱心の相

声は枯れ 体 全体 想像上の 人物に 乗り移る

「無」のために「すべて」捧げて！

ヘキュバのためと！ ヘキュバは彼に 何なのだ？

いや 彼は ヘキュバにとって 何なのだ？

ヘキュバのために 涙流して

もし 彼に 僕と全く 同じ動機が 潜んでいて

行動起こす きっかけを

得たならば どう出るのかな？

舞台を涙で 溢れさせ 恐怖に満ちた 台詞回しで

観客の耳 つんざくだろう

罪ある者を 狂わせて 罪なき者を 震わせる

無知なる者を うろたえさせて

目と耳の 能力を 奪い取る

ところが 僕は 愚鈍で 腑抜け

夢遊病者が うろうろと 歩くだけ

王権も 父の命も 残酷に 奪われたのに

行動しなく 何も言わない この僕は 卑怯者？

悪党と呼び 顔を殴って

髭 むしり取り 僕の顔にと 吹きつけて

鼻をねじ上げ 嘘つき ゴロつき

そんな非難を する奴は 一体誰だ！

ハァ！ 何てこと?! 耐えねばならん

だって 僕 気弱だし 鳩のよう

屈辱さえ 勇気の糧に する気力 ないんだからな

そうでないなら とっくの昔

上空高く 飛ぶ鳶に 下司な男の 腸を

与え 肥らせ やり終えて いるはずだ

残虐で 好色な 悪党め！ 淫乱で 卑劣なる 人でなし！

それなのに この僕は 何という馬鹿

見上げたものだ 大事な父を 殺されて

天国 地獄 共に復讐 迫るのに 娼婦のように 心に淀む

憂さ晴らすのは ただ言葉だけ

呪いの言葉 安っぽく 吐き捨てるだけ？

情けない 人間だ！ どうなっている !? この頭！

話に聞いた ことだけど 罪ある者が 芝居見て

真に迫った 場面によって

魂を 揺さぶられ 罪 自白した ことあったとか

殺人の罪 それ自身には 口はない

それなのに 不思議なことだ 口はないのに 自白する

あの役者らに 叔父の面前 父上の 殺害現場 それに似た

芝居を頼み 叔父に見せ その顔色を 窺って
すぐに真相 突き止める
たじろぐならば やるべきことは 即決だ
僕が見た 亡霊は 悪魔かも しれぬから
魔性の者は 相手喜ぶ 姿にて 現れる
そうなのだ もしかして 僕の弱気と 憂鬱に つけ込んで
――悪霊の やりそうなこと――
僕を地獄に 落とし込む 魂胆か！
もっと確かな 証拠が欲しい それには芝居 最適だ
芝居を使い 王の良心 あぶり出す （退場）

# 第3幕

第1場

城内の一室

（国王 王妃 ポローニアス オフィーリア Ｒ＆Ｇ 登場）

**国王**

では 君たちが 探りを入れて みたけれど
荒れ狂う 危険な狂気 振りかざし
穏やかな日々 混乱を装って
過ごしているか どうなのか 分からずじまい？

**ローゼンクランツ**

ご自分で 頭 混乱 していると お認めに なったのですが
その原因は 何なのか 話されません

**ギルデンスターン**

正直に 打ち明けるよう 誘っても 探られるかと 警戒し
巧みにも 狂人の よそよそしさで 掴まえ所 ありません

**王妃**

快く お二人を 迎えましたの？

**ローゼンクランツ**

紳士然にて お迎えを 頂きました

**ギルデンスターン**

　　無理に気分を 高揚させて いらっしゃるよう

**ローゼンクランツ**

　　お話は あまりしたくは ないようですが

　　こちらが出した 質問に 快く お答えに なりました

**王妃**

　　何かあの子の 気晴らしを 勧めては くれました？

**ローゼンクランツ**

　　ここに来る 途上にて

　　御贔屓の 芝居一座の 連中を 追い越して

　　彼らのことを 申し上げると 殊の外 お喜び なされた様子

　　すでに 彼らも 到着し 今宵 殿下の 臨席を 賜って

　　芝居 上演 なされる手筈 整ってます

**ポローニアス**

　　その通りです 両陛下にも ご高覧 頂くように

　　殿下から 申し次ぐよう 聞いております

**国王**

　　喜んで そういたす

　　彼がその気に なったと聞いて 誠にもって 嬉しいことだ

　　両名共に これからも 彼の気持ちを 引き立てて

　　そのような 楽しみに 誘ってやって くれ給え

**ローゼンクランツ**

　　はい そういたします　　（R&G 退場）

**国王**

　ガートルードよ しばらく 席を 外しててくれ

　内密に ハムレット 呼び寄せてある

　偶然に 見せかけて オフィーリアとの 出会いを作り

　ポローニアスと わしの二人は

　物陰に 隠れて様子 窺って

　彼の振る舞い 恋の悩みが 原因か

　そうでないかを 見極める

**王妃**

　仰せの通り いたします

　私としては オフィーリア あなたの美貌

　ハムレット 乱心の元 そうであったと 願うもの

　そうと分かれば あなたの美徳

　きっと息子を 昔のままに してくれる

　それが二人の ためになる

**オフィーリア**

　そうであるよう 願っています　（王妃 退場）

**ポローニアス**

　オフィーリア この辺り 歩いてなさい

　陛下 我らは 隠れ場所へと…

　この祈祷書を 読んでいなさい

　この本ならば 一人でいても 頷ける

　信心の顔 敬虔な 振る舞いは 密めたる悪魔 砂糖の衣で

　覆うなど よくある例<ruby>例<rt>ためし</rt></ruby> 限りない

**国王**

〈傍白〉その通り 今の言葉が わしの心に 鞭を打つ
しっくいを塗る 技巧のように
厚化粧する 安っぽい 女ども そのごまかしの 醜さ以上
わしの行為は 蔑みに 値する
ああ 何という 罪の重荷だ!

**ポローニアス**

殿下 こちらへ 参られる 足音が
さあ 陛下 隠れましょう  (国王とポローニアス 退場)


(ハムレット 登場)


**ハムレット**

生きるか 死ぬか 問題は それ
どちら 気高い 生き方だろう
非道なる 運命の 波状攻撃 耐え忍ぶのか
武器を手に 困難の海 討って出て
敵を圧倒 するべきなのか?
死ぬことは 眠ること それだけのこと
言うならば 眠りによって 心の痛み
肉体受ける 数限りない 衝撃を 終わらせる
そういった死が 我々の 切なる望み
死ぬことは 眠ること 眠るなら 夢を見る
障害そこに 潜んでる 現世の巻物 閉じたのに

死の床で どんな夢に 出くわすか 分からない
それでたじろぐ これがあるから 苦難続くが
長い人生 終われない
そうでなければ 人の世の鞭 嘲笑や
抑圧者為す 不正をはじめ 傲慢で 無礼な行為
失恋の 心の痛み 裁判の 判決遅延
役人の 横柄さ 下司な輩に
優れた者が 足蹴にされて 苦しんでいる
こんなこと 一体誰が 耐えられる
自らの 短剣の 一突きで すべてを終える ことできるのに
つらい人生 その重荷 耐えているのは
死後の世界が 怖いから
誰一人 足を踏み入れ 戻ったことが ない未知の国
だから躊躇し 一歩が出ない 知らぬ所へ 飛び込むよりは
慣れ親しんだ 憂き世の苦痛 耐え忍び 生きようとする
こうした意識 我々を 臆病にする
決意を示す 血の赤色も 病弱な 思いによって 蒼ざめて
進取の気概 あったとしても はずみ失い
潮には乗れず 行動に 移れなくなる
いや 少し待て 麗しの オフィーリア！
君の姿は 川に棲む 妖精だ
君の祈りに 僕の罪 そのお赦しを 入れてくれ

**オフィーリア**

　あら 殿下 お久しぶりで ございます

ご機嫌は いかがです？

**ハムレット**

ありがとう 元気だよ 元気 元気だ

**オフィーリア**

殿下 私は 頂いた品 お返しせねば そう思い
長いこと 思いあぐねて おりました

**ハムレット**

いや 人違い 君に何かを あげた覚えは 何もない

**オフィーリア**

殿下 よく 覚えてられる はずですわ
優しい言葉 添えられていて
プレゼントには お心が 込められて おりました
心の香り 失せた今 お返しせねば なりません
贈り主 込めた心が なくなれば
その品の 豊かさも 不毛にと なりますわ
さあこれを ハムレットさま

**ハムレット**

ははあ！ いや 君は今まで 貞節か？

**オフィーリア**

ええっ？ 何ですって？ 殿下！

**ハムレット**

君は美人か？

**オフィーリア**

何をおっしゃりたいのです？

**ハムレット**

もし君が貞節で 美人であれば
君の貞節 君の美貌と 関係を 持たせては ならないぞ

**オフィーリア**

殿下 美と貞節の 交わりほどに
崇高なもの 他にはないと お思いに なりません？

**ハムレット**

確かにそうだ 貞節は 美を友に しようとするが
美は貞節が 貞節でいた 姿から 俗悪へ 変えようとする
これはかつては 逆説だった
だが今は こうした例は よく見かけるな
僕もかつては 君をこよなく 愛してた

**オフィーリア**

本当に 殿下 そう思わせて くださいました

**ハムレット**

信じるべきじゃ なかったね 美徳など 接ぎ木したって
元の根の 性情なんか 変わりはしない
愛してなんか いなかった そういうことだ

**オフィーリア**

欺かれたの？ そうなのね

**ハムレット**

---

31　原典 "discourse"「交際」裏の意味「肉体関係」。

修道院に 行けばいい 罪人をなぜ 生むのかい？

僕は結構 正直なんだ 母親が 僕を生んだり しなければ

良かったのにと 思うんだ

僕は高慢 報復主義で 野心に燃える

数限りなく 罪犯す 可能性ある

だがそれを 考える暇 計画の暇 実行してる 暇がない

僕や仲間の 連中が 天地の間 這いずり回る

そんなこと 何の意味 あるのだろうか？

僕たちみんな 悪人だ 誰一人 信じられない

修道院に 行けばいい 君の父上 どこにいる？

**オフィーリア**

家におります

**ハムレット**

家に閉じ込め 出さぬこと

外に出たなら 馬鹿な真似 するかもしれん

では またの日に…

**オフィーリア**

ああ 神よ！ この方を お助けに！

**ハムレット**

もし君が 結婚するなら 呪いの言葉

持参金にと してやろう

---

32　原典 "Nunnery"（=bawdy-house）裏の意味「女郎屋／娼楼」昔の訳は「尼寺に行け！」となっていたが、イングランドにもデンマークにも「尼寺」はなかっただろう。だから、「修道院」にした。

氷みたいに 貞節で 雪のよう 純潔でさえ
君は中傷 免れぬ
修道院に 行けばいい では さようなら
どうしても 結婚を 迫られたなら 馬鹿と結婚 することだ
賢明な男なら 君たち女性 いつの日か モンスターにと
変貌するの 充分に心得ている
修道院に 行けばいい！ 善は急げだ さようなら

**オフィーリア**

ああ 天の威光で 彼の病を お治しを

**ハムレット**

僕は女性の フェイス・ペイント 聞いて よく 知っている
神様が 一つの顔を お与えに なったのに
女性らは 別の顔 作ってる
浮かれ歩くし 気取って散歩 甘えた声で 話はするし
何にでも 渾名をつけて 戯けるし
自分勝手な 振る舞いをして 迷惑かけて 知らん顔
もう我慢 できなくて 気が狂いそう だから結婚 許さない
結婚してる 者たちは 一組残し 生かせておくが
結婚しては いない者 独身を 続けるのだぞ
修道院に 行けばいい！ 早い目に （退場）

**オフィーリア**

気高い心 これほどまでに 打ちのめされて！
宮廷人で 武人 学者と 名を馳せて
眼光や 言葉使いや 剣術にても

我が国の 期待の華と 仰がれて
流行の 先端で 礼節の 模範だと 注目を 浴びた方
その方が 見るも無残な 凋落の お姿で
そして私は 女性の中で 最も惨め 誰より哀れ
心地良い 甘い調べの 誓いの言葉 味わった後
涼やかな 鐘の音を 思わせる
気高くて 崇高な 理性的 精神は 調子外れの 雑音を出し
類い稀なる 若きお姿 狂気の中で 吹き飛んで しまったわ
「悲哀」とは 私の名前 かつて私が 見たものを
今 見てるのも 同じ目なのに
でも見えるもの 同じものでも 違うもの


（国王とポローニアス 登場）


**国王**

恋のせいだと！ 揺れる情緒 そうとは取れん
話すこと 少しズレては いるけれど 狂人などと 思えない
胸の奥底 思い悩ます 爆薬が 潜んでる
それに火が ついたなら 危険生じる
それ防ぐため 今 ここで 決意した
ハムレット イングランドに 派遣する
滞納された 貢ぎ物 取り立てるため
運良くば 海渡り 異国に着けば
珍しい物 見るうちに 心に潜む わだかまり解け

思い悩んだ 精神も 元に戻ると 願ってのこと
ポローニアス どう思う?

**ポローニアス**

きっと それ うまくいくはず
でも 小生は ハムレットさま お悩みの 元凶は
失恋と 断定します
おや どうかしたのか? オフィーリア
ハムレットさま おっしゃったこと
言う必要は ないからな すべて聞いたぞ
はい 陛下 お心のまま 従いますぞ
最後の手段 芝居の後で
王妃さま お一人で 王子さま 抱える悩み
打ち明けるよう お願いされて みるのはいかが?
お許しあれば 小生は 身を隠し
お二人の お話を お聞きしましょう
王妃さまでも 分からぬ場合
イングランドへ 殿下お送り なさった後で
陛下が良いと 思われる 所にて
監禁すれば 問題は 解決します

**国王**

そうしよう 位が高い 者ならば
狂気になれば 放置など しておけぬから　（一同 退場）

## 城内の廊下

（ハムレット 座長と役者たち 登場）

**ハムレット**

頼むから 僕が今 やったみたいに

台詞回しは さりげなく 滑らかに

並の役者が するように 大仰に やるのなら

東西屋<sup>33</sup>でも 雇うから

いや それに このように 手のジェスチャーを

大げさに やらないで 穏やかに やってくれ

言うならば 感情が 高まって 奔流となり

嵐となって 情熱の 旋風が 巻き起こるとも

そのときにこそ 抑制利かせ スムーズに 演じるのだぞ

かつらをつけた 粗野な連中 激情に 身を委ね

わけの分からぬ パントマイムを したりする

さらにまた どたばた芝居 好んで観てる

平土間の 客たちの 耳をつんざく 大声が

劇の良さ ズタズタに 引き裂いて しまうのだ

ターマガント<sup>34</sup>や 暴君の ヘロデ王 その上を行く

---

33 原典 "town-crier" 街頭や店頭で町の告示や広告の口上を述べる人。

34 中世ヨーロッパでイスラム教徒が崇拝すると考えられていた神。

そんな輩は 鞭打たれれば いいんだよ

どうかそれ 避けてくれ

**座長**

仰せの通り いたします

**ハムレット**

だからと言って おとなしすぎる これも問題

それぞれの 思慮分別に 任せよう

言葉に演技 合わせるように 演技に言葉 合わせるのだぞ

特筆すべき 重要なこと 自然の節度 超えぬよう

過度になるなら 本来の 劇の目的 逸れるから

本来の目的は 昔も今も 自然を映す 鏡の役目

美徳なら 美や徳を 映し出し

嘲笑ならば 嘲り笑う 対象映す

時の様相 その実体の 刻印となる

過度な演技や おざなりの 演技なら

物見の客は 満足しても 玄人筋を 落胆させる

鑑賞眼を 備えた一人 その評価こそ

劇場埋めた 烏合の衆に 勝るもの

ああ そう言えば 思い出したぞ

拙い役者を 見たことがある

評判はいい とてもいい 神を冒涜 する気はないが

話し方 歩き方 クリスチャンだと 思えない

異教徒だとも 思えない 気取って歩き 喚き声上げ

神に仕える 下働きが 作り上げたる

出来損ないの 人間が 人間を 模倣して
行った 悍ましい 演技だった

**座長**

その点ならば かなり改善 加えています
問題は ありません

**ハムレット**

ああ そうならば 全面的に やってくれ
道化の役を 演ずる者に
決められた 台詞以外は 語らせるなよ
道化の中に 低俗な客 笑わせようと
自ら先に 笑う輩が いるけれど
その行為 劇の筋 ないがしろにし
肝心の 中身のほうが 台無しになる
劇においては 冒涜行為 そんな道化の 受け狙い
浅ましいにも ほどがある
さあ いよいよだ 準備整え 本番だ （役者たち 退場）


（ポローニアス R&G 登場）


さあ どうだった？ 陛下は劇を 鑑賞される？

**ポローニアス**

王妃さま ご一緒に 今すぐここに 来られます

**ハムレット**

役者らに 急ぐようにと 言ってくれ （ポローニアス 退場）

君ら二人も 手伝って やってくれ

**R & G**

　ではすぐに　（退場）

**ハムレット**

　やあ ホレイショ！ 待っていた


（ホレイショ 登場）


**ホレイショ**

　お呼びでしょうか？

**ハムレット**

　ホレイショ 話が合うの 君が一番

**ホレイショ**

　これは また どうしたことで？

**ハムレット**

　お世辞とは 取らないでくれ

　衣食にも 事欠く君に 財産と いうのなら

　君にあるのは 善良な 心だけ

　貧しき者に お世辞など 言っても何の 得にもならぬ

　甘い言葉は まやかしの 外面だ

　低姿勢にて 事を運べば おべっかで 儲けも上がる

　まあ 聞いてくれ 僕の心に 自由裁量

　その権限を 得てからは 君だけを 心の友に 決めたのだ

　何しろ君は 苦しさの中 その苦しさを 見せないし

運命の風 北風であれ 南風 等しい風と 受け止める
感情と 理性とが 見事に調和 している君は 幸いだ
運命の 言いなりになり 笛吹かなくて いいからな
感情の 下部とならぬ 男がいたら 僕にくれ
心の芯に 据え置いて 君のよう 僕の心の 奥の奥
心の底に 安置する 少し言い過ぎ だったかな
今夜には 国王迎え 劇をする
場面の一つ 君に話した 父上の
最期のシーン 入れてある
頼むから そのシーン 始まれば
意識しっかり 集中させて 叔父の様子を 窺ってくれ
隠された 彼の罪 台詞によって 表面に 浮き出ぬのなら
我ら見たのは 地獄の亡霊
僕の想像 ヴァルカンの 鉄床のよう
汚れちまった ことになる
叔父の態度を 監視してくれ
僕はこの目を 叔父の顔から 離さない
劇の後 叔父の外見 見透かして
お互いの 判断を 突き合わせ 結論出そう

**ホレイショ**

殿下 誓って 王が私の 監視潜って
劇の途中に 私の目 隠し果せる ようならば

---

35　ローマ神話 火と鍛冶の神。

114

私はそれの 代償を 払います

**ハムレット**

みんなが劇を 観にやってきた
狂気のふりを しなければ ならぬから
君は席にと 着いてくれ


（[デンマークの行進曲 ファンファーレの音] 国王 王妃
ポローニアス オフィーリア R&G その他 登場）


**国王**

ハムレット 気分はどうだ？

**ハムレット**

最高ですね 実際に
カメレオンらの 好物を 食べてますから[36]
空気いっぱい 満腹ですね 鶏ならば それだけで 太らない[37]

**国王**

ハムレット それ 返事には なってない
おまえの言葉 何も分からん

**ハムレット**

私にも 分かりませんね
（ポローニアスに）

---

36 カメレオンは空気を食べて生きると信じられていた。
37 原典 "air"（空気）と "heir"（跡継ぎ）は同音異義語。跡継ぎのハ
　 ムレットを「食い尽くし」王位を奪取したという辛辣なギャグ。

大学時代 劇に出たこと あるんだと 言ってましたね

**ポローニアス**

はい 殿下 いい役者だと 噂の種に…

**ハムレット**

何の役 演じたのかい？

**ポローニアス**

小生の役 ジュリアス・シーザー

神殿で ブルータスらに 殺されました

**ハムレット**

子牛ほど 大事なものを 殺すとは 残酷な 仕打ちだな[38] [39]

役者らの 準備はできた？

**ローゼンクランツ**

はい 殿下 みんな殿下の 指示を待ち 控えています

**王妃**

さあ ここへ ハムレット 私のそばに お座りなさい

**ハムレット**

いいえ 母上 こちらにもっと 強い磁石が…

**ポローニアス**

（国王に）ほらね これ 今 お耳には 届きましたか？

**ハムレット**

お嬢さま 膝の所で 横になっても 構わない？

（オフィーリアの足元に横になる）

---

38　愚かさの象徴。

39　原典 "brute" 裏の意味の「動物」。

**オフィーリア**
　それは 殿下 いけません

**ハムレット**
　頭を膝に 載せるだけでは？

**オフィーリア**
　それなら どうぞ

**ハムレット**
　はしたないこと 僕が言ったと 思うのか？

**オフィーリア**
　いえ 何も

**ハムレット**
　女性の脚に 挟まれて 横になるって
　魅力ある 思いつきだな

**オフィーリア**
　何ですって？

**ハムレット**
　何でもないよ

**オフィーリア**
　陽気ですこと

**ハムレット**
　誰が？ 僕がか？

**オフィーリア**
　ええ 殿下がよ

**ハムレット**

なるほどね　君には僕は　お抱え道化

人は生きてりゃ　陽気でなくちゃ

ほら　見てごらん　僕の母親　陽気だろう

夫が死んで　たった二時間　経ったばかりで…

**オフィーリア**

いえ　殿下　もう二ヵ月の　二倍です

**ハムレット**

もうそんなにも？　それなら　いっそ　喪服　悪魔に　払い下げ

この僕は　黒貂の　豪華毛皮を　着ることにする

ああ　神よ　亡くなって　もう二月（ふたつき）も

経っているのに　まだ忘れない？

そうなると　偉大な人の　思い出は

その人の死後　半年は　続くかも

でも　その後は　教会などを　建てておかねば

「子馬お馬」と　同様に　すっかり忘れ　去られるだろう

その墓碑銘は「ウーマ！　ウーマ！

子馬お馬は　ボウキャクの果」[41]

---

40　原典 "hobby-horse"「張り子の馬」イングランドの夏祭りに上半身
は張り子の馬、下半身には人間の両足がついている人形を体の前に
抱いて、人が馬に乗っているような姿で踊った。"hobby" の原義が
「子馬」なので、"horse" を「お馬」とホビーホースの頭韻に合わせ
て「子馬お馬」と脚韻にした。

41　Hobby-horse には、下半身の脚は簡略化され、上半身の馬とそれ
を支える棒だけの物も使われた。（両脚の間に棒を差し込む。ハリー
ポッターのクイデッチ・ゲーム［空中サッカー・ゲーム］の箒の柄
に馬の顔があるというイメージ。「棒脚／忘却」とシャレてみた。

（オーボエの演奏 パントマイムの劇が始まる）
[愛し合った王と王妃が仲良く登場 二人は抱き
合う 彼女は跪き 彼に愛の誓いを立てる 彼は
彼女を立ち上がらせ 彼女の首に頭をもたせかける
彼は花咲く高台に身を横たえる 彼女は彼が
寝入ったのを確かめて立ち去る その後すぐに
一人の男が現れ 眠っている彼の王冠を取り上げ
それにキスをし 彼の耳に毒を流し込み 退場する
彼女は戻ってきて 彼が死んでいるのを発見し
激しく動揺する 毒殺者が二・三人の者を連れて
再び現れ 彼女と共に悲しむ様子である
死体が運び去られる 毒殺者は贈り物を差し出し
彼女に求婚する 彼女はしばらく嫌悪感を示して
応じない 最後にその愛を受け入れて 退場]

**オフィーリア**

　殿下 これ 何か意味でも あるのです？

**ハムレット**

　言うならば 隠れた悪事 いたずらさ

**オフィーリア**

　この劇の 粗筋なのね


（劇中劇の序幕の語り部 登場）

**ハムレット**

　この男 知らせるだろう 次のこと

　役者 秘密を 守れない 何でも彼でも しゃべってしまう

**オフィーリア**

　パントマイムの この意味さえも？

**ハムレット**

　もちろんさ 正真正銘 正直ならば

　どんな「ショー」でも 知らせるでしょう

**オフィーリア**

　しょうがない 殿下だわ 私は劇を見ますから

**劇中劇の序幕の語り部**

　東西 東西 我ら演じる この悲劇 ご寛容 頂いて

　ご静聴 お願い申し上げまする　（退場）

**ハムレット**

　一体 これは 前口上？ いや 指輪にと 刻まれた銘？

**オフィーリア**

　短いですね

**ハムレット**

　女性の恋も その長さ


（劇中劇の国王 王妃 登場）

---

42　原典 "show"（正しい発音は「ショー」ではなくて、「ショウ」）。

**劇中劇の国王**

　　太陽神の フィーバスが乗る 馬車走る

　　三十回も 海の神 ネプチューン 司る

　　潮路を越えて 地の神の テラスの大地 踏み渡り

　　結びの神の ハイメン[43]が 我ら二人の 愛を育み

　　聖なる儀式 行って 契りを結び

　　光を借りた 月さえも 十二重ねて 大地を巡る 三十年

**劇中劇の王妃**

　　これから先の 数十年も 日や月よ

　　二人の愛の 旅路続けと お守りを！

　　でも思うこと 近頃の あなたの体

　　元気がなくて 昔のあなたと 大違い 気がかりですわ

　　私の抱く 心配などは 気にとめず

　　女心の 気がかりと 愛する心 同じもの

　　ないときはなく あるときは 溢れくるほど

　　私の愛が どれほどなのか ご存知のはず

　　私の愛が 高まれば 些細な疑念 気遣いとなり

　　わずかばかりの 気遣いが 大きくなって

　　偉大な愛が 育つもの

**劇中劇の国王**

　　実際に わしはそなたを 後に残して

　　去らねばならぬ しかもほどなく

---

43　ギリシャ神話 結婚の神。

体の力 衰えて その機能 ままならぬ

そなたは尚も この麗しの 世に生きて

慕われて 愛されて できれば わしに似た者を 夫とし…

**劇中劇の王妃**

ああ その後は 聞きたくは ありません

そのような愛 心の内の 反逆ですわ

二度目の夫 そんな考え 呪われるべき ものですよ

再婚するは 最初の夫 殺すこと

**ハムレット**

〈傍白〉苦悩の種だ 樟脳<sup>44</sup>だ

**劇中劇の王妃**

再婚に 傾くは 利得の心 愛などで ありません

寝室で 次の夫の キス受けるなど 亡き夫 また殺すこと

**劇中劇の国王**

そなた今 語ったことを 信じよう

だが人は こうと決めても よくそれ破る

志さえ 記憶の奴隷 最初の頃は 熱り立っても

継続性は 乏しいものだ

今は未熟の 果実であって 木にしがみつく

熟すれば 揺すらなくても 実は落ちる

自分に出した 負債など 支払いを 忘れるなどは 当たり前

情熱が 冷めたなら 目標は 消え失せる

---

44　原典 "wormwood"［植］ヨモギ（特に、ニガヨモギ）防虫剤、呼吸
　器疾患の治療に用いられた。花言葉「不在」。

喜びも 悲しみも 激しすぎると
自らを 見失い 喜びは 嘆くべき 悲しみとなり
悲しみが 喜びへ また喜びが 悲しみへ
ふとしたことで 変わるもの この世のことは 永遠でない
我らの愛も 運しだいにて 変化する
愛が運 導くか 運が愛かは 未だ解けない 問題だ
偉大な人が 没落すると 彼の下臣は 逃げて行く
貧しき者が 出世するなら 敵さえも 味方に変わる
このように 愛というもの 運に従う
富める者 友を欠くこと ないけれど
貧しき者が 不実な友を 試すなら たちまち友は 敵となる
さて ここで 最初に戻り 秩序立て 結論を言う
我らの意志と 運命は 食い違う 我らの思い 叶わぬものだ
思いだけ 我らのもので 結果など
我らのものに ならぬもの
二人の夫 持たぬそなたの 思いはあれど
最初の夫 死んだとき その思いさえ 死に絶える

**劇中劇の王妃**

たとえ大地が 食を与えず 天が光を 与えずに
昼夜分かたず 私から 気晴らしや 休息を 奪おうと
信頼や 望みなど 絶望に 変わっても
世捨て人 与えられた 空間が 牢獄であれ
喜びの 笑顔の色を 蒼白にする 逆境が
私の上に 振りかかり 大切なもの 破壊しようと

この世でも あの世でも 永劫の 苦しみが 続こうと
未亡人にと なった私が 妻になること ありません

**ハムレット**

もしも今 その誓い 破ったならば？

**劇中劇の国王**

しっかりと 誓ったな 愛しい そなた
しばらくは ここで一人に しておいてくれ
精神的に 疲れたようだ 物憂げな午後 ひと眠りする

**劇中劇の王妃**

眠りにて お心が 安らぐことを 願っています
私たち 二人の仲を 裂くような
災いが 起こること なきように… （退場）

**ハムレット**

母上 この劇 いかがです？

**王妃**

あの王妃 誓うのが しつこすぎない？

**ハムレット**

ああ でもね 誓いはきっと 守るはず

**国王**

言い合うところ 聞いたのか？ 差し障りなど ないんだな

**ハムレット**

いえ 何も ただの戯れ 戯れの中 少しの毒を…
差し障りなど 何もない

**国王**

劇の名前は 何なのだ？

**ハムレット**

「ネズミ捕り」です どうしてかって？

比喩ですよ この劇は ウィーンでの

殺人事件 下敷きに しています

大公の 名前なら ゴンザーゴ その妻は バプティスタ

見ればすぐ 分かるでしょうが 悪辣な 劇ですが

でも それが どうしたと いうのでしょうね

陛下や我ら 疚しい心 ない者に 差し障り ありません

脛に傷ある 者たちは たじろぐが

我らには 痛くも痒くも ないのです


（ルシエイナス役の役者 登場）


**ハムレット**

この男 王の甥 ルシエイナス[45]だ

**オフィーリア**

殿下はまるで 語り部ですね

**ハムレット**

人形劇の 人形たちが いちゃつくの 見たならば

君と恋人 何があったか 語ることさえ できるから

**オフィーリア**

---

45 甥のルシエイナスが王を殺すという場面は、ハムレットの意志を
示し、クローディアスに脅威を与える。

辛辣な お言葉ですね 殿下 また

**ハムレット**

僕の言葉の 切れ味悪く なったなら

きっと 君 不満の声を 上げるだろう

**オフィーリア**

いいようで 悪いようだわ

**ハムレット**

そろそろ君も 結婚すべき 年なんだ 始めろよ 人殺し

何だよ そんな しかめっ面は やめにして 始めたらいい

「しわがれ声の 大ガラス 復讐を！」そう叫んでる

**劇中劇のルシエイナス**

思いは暗く 腕は冴え 毒薬揃い 時は良し

折り良く辺り 人影はなし

真夜中に 集めた草を 選りすぐり

ヘカテの呪い 三度受け 毒気 三度 盛られた後で

恐ろしい 天然の 汝の魔力

今すぐに 健全な 命の根 奪い去れ

（眠っている 劇中劇の王の耳に 毒薬を注ぐ）

**ハムレット**

王位を奪う 目的で 奴は庭にて 王を毒殺 するのです

王の名前は ゴンザーゴ この物語 現存し

標準の イタリア語にて 書かれています

---

46　古代ギリシャ語で太陽神アポローンの別名であるヘカトス（陽光）
の女性名詞。

もうすぐ奴が 王の妻 口説き落とすの 見物(けんぶつ)だ

**オフィーリア**

王さまが お立ちになって…

**ハムレット**

何だって?! 空砲に怯えたか?

**王妃**

どうなさったの?

**ポローニアス**

劇は中止に!

**国王**

灯り持て! 退出いたす!

**ポローニアス**

灯り 灯りだ 灯り持て!

（ハムレットとホレイショ以外 一同 退場）

**ハムレット**

ほら ほらね 射られた鹿は 鳴いて寝ろ

無傷の鹿は 楽しく跳ねて 遊ぶのさ

起きてる鹿いりゃ 寝てる鹿いる

浮き世の流れ これしかないさ

この世しか 味わえぬ 運不運 ほら ほらね しかたない

僕の 運勢 傾いて 金に困って しまったら

帽子に山ほど 羽根飾りつけ

メッシュの靴に 薔薇の形に リボン結べば

悲劇役者に なれないか?

**ホレイショ**

　半人前の 給料で

**ハムレット**

　一人前だ 無二の親友 デイモン君よ

　知ってるだろう ジュピターのよう 偉大なる

　父上は国 剥ぎ取られ 今この国を 支配するのは

　虚栄 見え坊 孔雀 だよ

**ホレイショ**

　「ジャク」の韻 踏めてない

**ハムレット**

　ああ ホレイショ あの亡霊の 言った言葉は

　千ポンドでも 買ってやる 気づいたか？

**ホレイショ**

　もちろん 殿下

**ハムレット**

　毒殺の 台詞になった そのときに？

**ホレイショ**

　しっかりと 見届けました

**ハムレット**

---

47　ギリシャ神話 死を宣告されたピュティアスが、死刑執行前に家
にどうしても帰りたいというので、親友のデイモンは身代わりとし
て自ら進んで牢獄に入った。「デイモンとピュティアス」は「無二の
親友」という意味。

48　ローマ神話 神々の王で天の支配者。

49　孔雀は好色と虚栄の象徴。

128

してやったりだ！ さあ 音楽だ さあ リコーダー！
劇が嫌いと 国王が 言うのなら
それならきっと 好きじゃない さあ 音楽を！

（R&G 登場）

**ギルデンスターン**
　殿下 一言 お話が ございます
**ハムレット**
　どんなことでも 聞くからな
**ギルデンスターン**
　陛下が実は…
**ハムレット**
　実は 何だね？
**ギルデンスターン**
　ご機嫌損ね 引き籠られて…
**ハムレット**
　飲み過ぎか？
**ギルデンスターン**
　いえ 殿下 ご立腹 なされています
**ハムレット**
　君は賢明 なんだから 腹の調子が 悪いなら
　医者に見せれば いいだけと 分かるはず

ジョウザイ の 薬を僕が 処方したなら$^{50}$

胆汁の$^{51}$ バランス崩れ 怒り狂うよ

**ギルデンスターン**

殿下 少しは 真面目になって くださいね

肝心なこと 逸脱されず お話しを

**ハムレット**

柔順になる 言ってくれ

**ギルデンスターン**

母君である 王妃さま ご心配 なされてる

それで 我らに ハムレットさまと

お会いするよう 命じられ

**ハムレット**

それはわざわざ ご苦労さまだ

**ギルデンスターン**

ねえ 殿下 真摯な態度 お見せください

まともな対応 頂けるなら

母君の 伝言を お伝えします

さもなくば 用件は これまでにして 失礼します

**ハムレット**

---

50 「錠剤／浄罪」のシャレ。

51 古代ギリシャのヒポクラテス学派は体にある体液の血液、粘液、
黄胆汁と黒胆のバランスが保たれることによって健康は維持できる
と考えていた。胆汁が不足すると神経過敏で怒りやすくなるとされ
ていた。

それは無理だね

**ギルデンスターン**

何がです？

**ハムレット**

…紳士の態度 そのことだ 気が狂ってる だから無理
できる返事は こんなもの でも君の 命令に 従うよ
いや むしろ 君の言う 母上に 従って
だから もう このことは やめにして
本題に 入ってくれよ

**ローゼンクランツ**

母君は 殿下の態度 驚かれ 動揺されて おられます

**ハムレット**

母親を 驚かせるなど これは見上げた 息子だな
この母上の 驚きの後 何か続きは ないのかい？
あるのなら 知らせろよ

**ローゼンクランツ**

殿下 お休み なる前に
ご自分の お部屋にて お話を されたいと…

**ハムレット**

母上の 仰せのままに
母上が 今の十倍 母親らしく あろうとも
今のままでも 従おう
まだ何か 他に用事は あるのかい？

**ローゼンクランツ**

殿下 かつては 親しくて 昵懇ªの 間柄

**ハムレット**

今でも同じ この手に 懸けて 誓えるぞ
手癖の悪い 手であるが

**ローゼンクランツ**

ご不興の 理由 一体 何なのですか？
その悩み 友に隠すと いうのなら
ご自分の 自由を閉ざす ことになります

**ハムレット**

王の座に 就けぬから

**ローゼンクランツ**

どうしてですか？ 国王自身 殿下の 跡継ぎ
宣言されて おられます

**ハムレット**

ああ しかし 「牧草が 育たぬうちに…[52]」カビ臭い 諺だ


（リコーダーを手に持った役者 登場）


ああ リコーダー！ 見せてくれ
（R&G に）少しこちらへ どうして君ら 僕の風上
立とうとしてる?! 獲物 罠へと 追い込むようだ

**ギルデンスターン**

---

52 「馬飢える」と続く諺。

いえ 殿下 差し出がましいと お思いならば
殿下への 思いが強く あるからなので…

**ハムレット**

言ってることが よく分からない
このリコーダー 吹いてくれ

**ギルデンスターン**

吹けません

**ハムレット**

頼むから

**ギルデンスターン**

本当に 吹けないのです

**ハムレット**

お願いだから

**ギルデンスターン**

吹き方を 知らないのです

**ハムレット**

嘘をつくほど 簡単だ
指でこの穴 押さえ込み 口で息 吹き込めば
素晴らしい 音楽を 奏で出す
ほら ここを 押さえればいい

**ギルデンスターン**

いい音色出す 才能などは ありません
技能 全く ないのです

**ハムレット**

何だって?! ずいぶん軽く 見られたものだ
僕ならば 気軽に吹いて 僕にある 押さえどころを
知っていて 心の謎を 解き明かし
低い音から 高音までも 僕のすべての 音にまで
探りを入れて いたではないか
君たちが 小さくて 素敵な音色 奏でる楽器 吹けぬとは
おい 僕は リコーダーより 扱いやすい そういうことか
僕はなあ どんな楽器に 喩えても
思い通りの 音など出さぬ


（ポローニアス 登場）


　ご機嫌よう
**ポローニアス**
　殿下 すぐ 王妃さま お話が あるとのことで…
**ハムレット**
　あの雲が 見えるかい？ ラクダの形 そっくりだ
**ポローニアス**
　全体的に ラクダのようで 本当に
**ハムレット**
　イタチのように 見えもする
**ポローニアス**
　背中のあたり イタチそっくり
**ハムレット**

134

クジラかな？

**ポローニアス**

まさにクジラで…

**ハムレット**

では すぐに 母上の下 行きましょう

〈傍白〉みんなで僕を 馬鹿扱いだ

（大声で）今すぐに 行くからな

**ポローニアス**

そのように お伝えします　　（退場）

**ハムレット**

「今すぐに」言うだけならば 簡単だ

君たち みんな 僕を一人に しておいてくれ

（ハムレット以外 一同 退場）

夜も更けて 今は魔女ども うろつく時刻

墓地が口開け 地獄から この世 毒する 邪気を吹き出す

今なら 熱い 生き血も吸える

昼間なら 見るのさえ 震え戦く

残忍な 所業でも やってのけよう

だが 待てよ まず母上の 所へと

ああ 我が心 親子であると 忘れるな！

ネロ[53]の魂 我が胸に 入れてはならぬ

冷酷であれ だが肉親の情 忘れては ならぬから

---

53　16歳でローマ皇帝になり、30歳で自害。キリスト教徒を迫害し、
　　母親のアグリッピナや哲学者のセネカを死に追いやった。

言葉の刃 使おうと 本物は 使わない
口と心が 欺き合えば それでいい
言葉でいかに 責め立てようと
その実行を 心が固く 許さねばいい　（退場）

城内の一室

（国王 R&G 登場）

**国王**

あの男 気に入らん あの狂気など
放っておくと こちらの身 危うくなるぞ
よいか 君たち 支度にかかれ
任命書 すぐに書き終え
あの男 イングランドに 派遣する
君たちに 同行願う 狂気どんどん 悪化して
ますます危険 差し迫る
これではわしの 王位の期間 危ぶまれるな

**ギルデンスターン**

すぐさま準備 いたします
国王に すがって生きる 人々が
安全に 暮らせるための ご配慮は

神聖で 宗教心に 満ちてます

**ローゼンクランツ**

たった一人の 命でさえも 危害迫れば

精一杯の 努力と知力 もってして

防がねば なりません

多くの人の 命預かる 陛下の命

それなくば 皆の幸福 ありえない

万が一 陛下 お隠れ なるならば

それは一人の 死ではなく

渦巻のよう 周りの者を すべて飲み込み 大惨事

別の言い方 するならば

山頂に 据えられた 巨大な車輪

そのスポークに 数えきれない 人々が

纏わりついて いるために

それが転がり 落ちるなら

皆の者 全滅と なり果てる

陛下が一つ 溜め息を つかれたならば

それはすぐ 庶民の呻き 巻き起こします

**国王**

準備万端 早く船出を！

野放しの この危険には

今すぐに 足枷を はめねばならぬ

**R & G**

直ちに準備 いたします 　（退場）

（ポローニアス 登場）

**ポローニアス**

　陛下 今すぐ ハムレットさま

　母君の お部屋へと 参られますぞ

　小生は タペストリーの 背後に隠れ

　成り行きを 静観します

　きっと厳しい お叱りが あるはずですが

　陛下 お仰せの通り

　肉親ならば 公正に なれぬので

　母親以外 第三者 聞くほうが いいでしょう

　では しばし お待ちのほどを

　お休み前に 参上し すべて報告 いたします

**国王**

　手間をかけ すまないな　（ポローニアス 退場）

　ああ わしの罪 猛毒で その悪臭は 天まで届く

　その罪に 兄殺害の 最初の罪の[54]

　呪い重なり ついてくる

　祈ることさえ できぬのだ

　祈りたい 祈るつもりと その意思あるが

　それより強い 罪の意識で 押し戻される

---

54　旧約聖書 創世記 カインによる兄アベルの殺害。

138

二つの仕事 しようとし

どちらにも 手をつけられず 立ち尽くし

二つとも おろそかになる

呪われた手に 兄の血が べっとりと

ついているなら 恵みの雨を 天は降らせて

雪のよう 白く浄めて くれはせぬのか?

罪にしっかり 向かい合い その後で

赦しとは 得られるものか?

祈りには 二つの力 あるという

犯す前に 食い止める

もう一つには 犯した罪の 赦しのことだ

そうならば 天を仰ごう わしの罪 過去のもの

だがわしの罪 償うための 祈りとは どんなもの?

「汚れちまった 殺人の罪 赦し給え」か?

それは無理だな

人殺しから 得たものを 手放してない

王冠 野心 あの王妃

罪を背負って 赦し得られる?

堕落した この世では

金色の 罪の手が 正義の裁き 押しのける

悪事の儲け 時として 法を買収 することもある

だが天国は ごまかし利かぬ

犯した行為 その真実を 提示され

罪を認める 結果に至る

ではどうするか？ どうしたらいい？
懺悔したなら どうにかなるか？ ならぬのか？
だが真からの 懺悔でなくば どうにもならぬ
ああ とても 惨めなことだ
死のように 真っ黒な 心の底が！
囚われた 魂は もがけばもがく ほどにまた
がんじがらめだ
天使たち このわしを 助け給え
やってみる！ 片意地な膝 曲げるのだ！
鋼で張った 心の糸よ 新生児のよう 柔らかくなれ
すべてがうまく 行きますように


（ハムレット 登場）


## ハムレット

今ならやれる 祈ってる 最中だ
さあ やるぞ！ 死出の旅路に 就くことに
いよいよ これで 復讐は 遂げられる
いや 待てよ 考えたなら 悪党が 父上殺し
その返礼に 一人息子の この僕が
その悪党を 天国に 送り届ける?!
そんなもの 復讐でなく お手当てもらう 送り人
父上は まだ 世俗の欲に かられた頃で
罪業が 五月の春の 花のよう 咲き誇る 真っ最中だ

神の裁きは どうなるのかな？
この世の常と 常識からは
重い刑 処せられるのは 自明の理
それなのに 奴が祈りで 魂清め
死への旅路の 備えができて いるときに
命を奪う？ いや だめだ 剣よ 待て！ 時を待て！
酔い潰れてる そのときや 怒り狂って いるときや
ベッドにて 淫乱な 快楽に 耽るとき
賭博打つ 暴言を吐く 神を冒涜 するときならば
いつでもいいぞ
そのときならば 奴は自ら 天国を蹴り 地獄落ち
悍ましい 闇の世界へ
奴の魂 同じ色 自分の世界 地獄絵図
母上が 待っている この猶予さえ
病んだ貴様の 余命を延ばす だけのこと　（退場）

**国王**

わしの言葉は 天に向かうが
わしの心は 地に留まって いるようだ
心込もらぬ 言葉など
天になど 届くわけ ないからな　（退場）

## 王妃の居間

（王妃 ポローニアス 登場）

**ポローニアス**

殿下 すぐ 来られます

どうか 厳しく お叱りのほど お願いします

悪ふざけ 行き過ぎて 我慢の限度 超えてます

王妃さま お怒りの 王さまと

殿下の仲 とりなして 大変なのは お察しします

もうこれ以上 申しませんが

くれぐれも 殿下厳しく お叱りを

**ハムレット**

（奥で）母上 母上 母上さま！

**王妃**

大丈夫です 心配はいりません さあ 陰に！

あの子が来ます

（ポローニアス タペストリーの陰に隠れる）

（ハムレット 登場）

**ハムレット**

母上 何か ご用です？

**王妃**

　ハムレット あなたのことで 父上は
　今までになく ご立腹

**ハムレット**

　母上さま あなたのことで 父上は
　今までになく ご立腹

**王妃**

　あら あら あなた ふざけた返事 よしなさい

**ハムレット**

　まあ まあ 母上 変な質問 おやめください

**王妃**

　ねえ どうしたの ハムレット ?!

**ハムレット**

　何がどうだと 言われるのです？

**王妃**

　私 誰だか 忘れたの？

**ハムレット**

　いえ まさか 知っていますよ
　王妃であって あなたの夫の 弟の 妻であり
　そしてまた 残念ながら 我が母親だ

**王妃**

　困った人ね それなら誰か
　話せる人を 連れてくるわよ

**ハムレット**

　さあ ここに来て じっと座って…
　鏡 出すから どこにも行かず 動かずに
　どうか自分の 心の底を 見るのです！

**王妃**

　何をする気よ！ 私を殺す 気じゃないわよね
　助けてー！ 誰か 助けて！

**ポローニアス**

　（タペストリーの陰で）おい 誰か！
　助けを寄こせ！

**ハムレット**

　（剣を抜いて）何だ こいつは！
　野ネズミか?! 死んじまえ！
　（タペストリーを突き通す）

**ポローニアス**

　（タペストリーの陰で）アアッ やられた！

**王妃**

　まあ 恐ろしい！ 何をしたのよ！

**ハムレット**

　何をしたのか… 王ですか これ？

**王妃**

　ああ 何と！ むごたらしくて
　早まったこと したのです！

**ハムレット**

むごたらしいと！ それならば 王を殺して
その弟と 結婚するの 同じほど むごいこと

**王妃**

王を殺して？

**ハムレット**

はい その通り そう言いました
（タペストリーを上げ ポローニアスを見つける）
（ポローニアスに） おまえだな そそっかしくて
でしゃばりで 浅ましい 道化役 お別れだ
おまえの主人と 勘違いした これもまた 運命だ
でしゃばりすぎは 危険だと 思い知ったか
（王妃に） そんなに固く 手を握りしめ
身を絞るのを やめてください
じっと黙って お座りを！
母上の 心絞って みせましょう
まだ お心に 浸透性が 残ってて
忌わしい 悪習が あまり図太く 根を張らず
判断力の 耐久性が 揺るがずに
あるのなら やってみましょう

**王妃**

私が何を したというのよ?!
ぶしつけな そんな言い方 するなんて！

**ハムレット**

母上の なされたことは 品性汚し

しとやかさ 辱め 貞節を 欺くもので
純真無垢な 愛を秘めたる 美しい 額から
薔薇の冠 取り去って
娼婦であると 烙印押すに 似ています
結婚の 聖なる誓い 賭博師の 約束ほどに
価値なきものに したのです
その行為 結婚という 約束事の魂を 抜き取って
神への誓い 戯言に してしまう
そのことに 心痛めて 天は怒りに 顔を染め
堅い大地も 最後の審判 仰いだように
悲しさ募る 顔になる

## 王妃

まあ 何てこと?! いきなり議論 吹っかけて
大声を上げ 怒鳴り散らして くるなんて!

## ハムレット

ご覧ください この絵とこれを!
兄弟二人の 肖像画です
こちらの顔に 備わる気品
ハイペリオンの カールの巻き毛
ジュピターにある その額
敵を威嚇し 軍を指揮する 軍師マルスの その眼差しで
天にも届く その丘に 降り立つ マーキュリー
調和のとれた その性格は
すべての神が お認めに なったこと

男の中の 真の男だ
それがあなたの 夫であった 人ですよ
次にこれ ご覧ください これ今の 夫です
カビにやられた 麦の穂のよう
健全な兄 殺した奴だ 母上に 目はあるのです？
麗しの山 降りてゆき 沼地で食べて 太るのですか？
本当に 目はあるのです？
そのお年では 愛とは言えぬ
情欲の血も 穏やかに 慎ましやかに なってきて
分別に 従うものだ
それなのに どの分別が これからこれへ
移行しろなど 言ったのですか？
確かな 感覚 お持ちのはずだ
それがなければ 欲望は ないはずだ
きっと 感覚 麻痺してる 狂気であれど 違いは分かる
感覚が エクスタシーに 達しても
選択の 能力を 失ったりは しないだろう
どんな悪魔が 母上に 目隠しをして
視力奪って しまったのです!?
感覚を 失くした目 視力失くした 感覚や
手 失くした耳 目 失くした耳
すべて失くして 嗅覚だけが 残っていたり
病んだ感覚 そのうちの ひとかけら
良い感覚が 残っていれば

これほどの 暗い世界に
迷い込んだり しないはず
ああ 恥ずべきだ！ 羞恥心など どこにある?!
情欲地獄！
情欲が 中年女性 唆(そそのか)すなら 燃え盛る 若者にとり
貞節などは 溶けるロウソク
抑えきれない 情熱が 発露求めて
彷徨うことも 恥とは言えぬ
霜ですら 熱く溶け 理性さえ 情欲に
屈することが あるのだからな

## 王妃

ああ ハムレット もう 言わないで！
あなたの言葉 私の目 心の底に 向けさせる
そこに見えるの 黒く染まった シミの跡
絶対に 色褪せないわ

## ハムレット

色褪せなんか するものか 脂汚れの ベッドの中で
堕落の汗に まみれつつ 淫らな宿で 生きるんだ

## 王妃

お願い！ やめて！
その言葉 私の耳に 突き刺さる 鋭い刃
もうよして！ ハムレット

## ハムレット

殺人鬼 悪党だ 以前の王と 比較したなら

その価値は ゼロに等しい 卑しい男
悪徳の王 王座 王国 掠め取り
棚の上から 大切な 王冠奪い 懐に 仕舞い込んだぞ！

**王妃**

もう沢山よ！

**ハムレット**

つぎはぎの まだら服着た 道化の王だ


（亡霊 登場）


翼広げて 天翔る 天使たち
助け給え その偉大なる お姿で
私に 何を するように お望みか？

**王妃**

ああひどい！ 気が狂ってる！

**ハムレット**

時と情熱 浪費して
命令を 実行しない ぐうたら息子
お叱りに 来られたのです？
どうかご指示を！

**亡霊**

忘れるでない！ この訪れは 鈍化した
おまえの決意 促すためだ
だがしっかりと 見るがよい

恐れ戦く 母親を 見るがよい
心の中で 葛藤してる その母を 助けるのだぞ！
弱き体を 持つ者ほどに
動揺は 激しいものに なるからな
優しい言葉 かけてやれ

**ハムレット**

お母さま 大丈夫です？

**王妃**

まあ あなたこそ 大丈夫？
何もない空間に 目をやって
実体のない 空気などに 話しかけ
あなたの目には 驚愕の 心の内が 映ってる
警報で 眠り破られ 慌てふためく 兵士のように
髪の毛が 逆立っている
大事な息子 ハムレット 乱調の 心の熱と 炎には
寛大な 聖なる水の 洗礼をして…
あなた 何を 見ているのです !?

**ハムレット**

ほら あの姿！ あちらです！
あんなにも 蒼ざめて…
あのお姿で あのわけ聞けば
石でさえ 情を動かす ことでしょう
見つめられては 困ります
そんなにも 哀れな顔を なさったならば

　　堅い決意も 崩れてしまう

　　やらねばならぬ 行為でさえも

　　真実の色 失って 血が涙にも 変わりそうです

**王妃**

　　誰に向かって 話しているの？

**ハムレット**

　　何もそこには 見えないのです？

**王妃**

　　ちっとも何も…

　　でも そこに あるものみんな 見えている

**ハムレット**

　　何も耳には 入らずに？

**王妃**

　　ええ 私たち 二人の声が 聞こえただけよ

**ハムレット**

　　ほら あそこ！

　　こっそりと 出て行かれます

　　父上が 生前のお姿で…

　　あそこです！

　　ほら 戸口から 出て行かれます 　（亡霊 退場）

**王妃**

　　あなたの脳が 作り出す 幻影ですね

　　実体の ないモノを 狂気巧みに 作り出す

**ハムレット**

狂気ですって！
僕の脈拍 母上と 同じよう 健やかな 音の調べを
リズム正しく 奏でています
僕の言葉は 狂気から 出たものじゃない
試してくれて 構わない
同じこと 繰り返し 言えるから
気が触れて いるのなら 話 逸脱 するはずだ
お願いだから ご自分の 魂に
見せかけの 軟膏を 塗り込めて
自分の罪を 僕の狂気の せいになど
しないでほしい
潰瘍に 罹った箇所に 薄い膜 覆うだけでは
　　かいよう
悪臭放つ 膿は奥まで 広がって
　　　　うみ
見えないところ 蝕んでゆく
天に向かって ご自分の罪 懺悔して
悔い改めて 将来に 罪を犯さぬ 誓いを立てる
雑草に 肥やしを撒いて 繁殖は させぬよう
　　　　　　　ま
この僕が 美徳など もったいぶって 話してごめん
この脆弱で 堕落の時代
美徳が なぜか 悪徳に 許し乞わねば なりません
正しいことを するときも 低姿勢にて 許可がいる

**王妃**

ああ ハムレット！ 私の心
真っ二つにと 引き裂かれたわ

**ハムレット**

それならば 悪い方 半分を 捨て去って

残り半分 大事にし 清らかに 生きてください

では おやすみなさい

でも 叔父のベッドに 行かないで

美徳なくても ある振りをして

習慣という モンスター 極悪非道の 感覚を 食い尽くす

でも時として 習慣は 制服のよう 着慣れてくれば

良い行いを 自然に身にも つけさせる 天使でもある

とにかく今宵 お控えになり

そうすれば 次の節制 耐え易くなり

その次の日は 楽になります

習慣は 人間の 天性さえも 変えるもの

不思議な力 発揮して 悪魔を支配 することも

放逐も 可能です

もう一度　おやすみなさい

母上からの 祝福を 頂くの

母上が 神の祝福 受けられたいと

思われたとき お願いします

（ポローニアスを指差し）この人に したことは

とても後悔 しています でもこれも 神の采配

この人のため 神は僕を 罰せられ

僕により この人は 罰せられた

この身は 神の鞭 神の使者

死体片づけ その責任は 取りましょう

では本当に おやすみなさい

冷酷なこと 言ったのも 母上のため 思ってのこと

悪いことから 始まって

後にはもっと 悪いこと 控えています

母上 最後に 一言だけを つけ足すと…

## 王妃

どうしたら いいのです？

## ハムレット

僕が今 母上に 言ったことなど お忘れを！

太鼓腹した 王にまた 誘われて ベッドに行って

浮気な指で 頬をつねられ

子ネズミちゃんと 呼んでもらって

口臭匂う キスをされ

卑猥な指で 首筋を 撫で回されて

事のすべてを ぶちまけるのだ

実は僕 気など狂って いなくって

その振りを してるって 知らせればいい

美人で真面目 賢明な 王妃のあなた

カエル コウモリ 雄ネコ王から

こんな大事な 秘密情報

隠しおおせる はずがない 誰にできよう?!

分別も 秘密も何も あるものか！

屋根に上がって 鳥カゴの 留め金 開けて

鳥を自由に 羽ばたかせると
猿真似の猿 鳥カゴに 入り込み
飛ぼうと真似し サルスベリ
首の骨折り 死んじゃって それでオシマイ

**王妃**

約束するわ 言葉 息から 生まれ出て
息が命の 根元から 育つなら
あなたが言った 今のこと 漏らす息吹は
私には ありません

**ハムレット**

イングランドへ 僕は行かねば なりません
ご存知でしょう

**王妃**

ああそれね すっかり忘れて いましたわ
そう決まったと 聞きました

**ハムレット**

勅書の封印 済まされて 学校の 友達二人 信頼度
マムシの如く くねくねと
何のためかは 知らないが 委任状 託されてます
僕の行く道 罠をかけたり するでしょう
勝手にやれば いいことだ
自分が仕掛けた 爆薬で 吹っ飛ばすのも 面白い
こちら 相手の裏をかき 爆薬は
一ヤード 彼らのよりも 深く掘り

爆薬埋めて 彼らを月に 吹っ飛ばす
ああ これは 楽しみだ お互いの 計略の 真っ向勝負！
忙しく なったのは この人のせい
隣の部屋に これ引きずって 運びます
今度こそ 母上これで おやすみなさい
この大臣も やっと静かに 口閉ざし 厳粛な 顔つきだ
生前は 愚かなる 無駄口爺や だったのに
さあ行こう おまえと共に エンディングへと！
おやすみなさい 母上さま
(二人は別々に退場 [ハムレットは
ポローニアスの死体を引きずる])

# 第4幕

## 城内の一室

（国王 王妃 R&G 登場）

**国王**

そなたの溜め息 その吐息には 何かわけが ありそうだ
言ってくれ わしも理由を 知っておかねば
そなたの息子 どこにいる？

**王妃**

（R&G に）しばらく席を 外しておいて…　（R&G 退場）
ああ陛下 今宵は何と いうことに！

**国王**

何があったか ガートルード？ ハムレット どうしてる？

**王妃**

海と風 どちらが強いか 競い合い 狂ったように
抑えられない 発作に駆られ
タペストリーの 後ろから出た 物音を聞き
剣を抜き「ネズミだ ネズミ！」そう叫び

自分勝手な 思い込みして
陰にいた ポローニアスを 殺したのです
## 国王
悍ましい 振る舞いだ！
わしがそこに いたのなら わしが殺られて いたはずだ
放っておけば 危険だな
おまえにも わしにも そして みんなにも
とんでもないぞ！ この血の所業 何とする！
責任は わしにある 先見の明 あったなら
狂った者の 行動を制限し 監禁し
勝手気ままに 歩かせたりは するべきで なかったな
息子を思う 気持ち強すぎ 適切な対策が 取れなかったな
奇病恐れた 患者のように
そのことを 隠そうと するために 命の髄まで 冒された
ハムレット 今どこに？

## 王妃
手に掛けた 遺体一人で 引きずって 行きました
狂っていても 価値のない 鉱石の中
金が入って いるように あの子にも 純粋な 心があって
自分がしたこと 反省し 涙流して おりました
## 国王
ガートルード さあ行こう
山の端に 朝日かかれば すぐハムレット 出航させる
この悪行に 対しては 王の権威と 策を用いて

平静を装って 対処せねば ならぬから
おお ギルデンスターン！

（R&G 登場）

君たち二人 加勢の者を まず呼び集め
気が狂ってる ハムレット ポローニアスを 殺害し
母親の 部屋から遺体 引きずり出した
ハムレット 探し出し 言葉選んで 説得し
遺体はすぐに 礼拝堂へ 運ぶのだ
どうか急いで くれないか　（R&G 退場）
ガートルード わしは重臣 召集し
不慮の事件や その善後策 伝えよう
大砲が標的に 毒の弾 飛ばすよう
悪い噂は 世の果てまでも 届くかも しれぬから
わしの名の 的を外して 空中に 飛び去ることを 願うだけ
わしの魂 不和と不安で 満ち溢れてる　（二人 退場）

## 城内の別の一室


（ハムレット 登場）


**ハムレット**

片づけは 終わったぞ

**R & G**

（奥から）ハムレットさま ハムレットさま

**ハムレット**

何だ あの声？ ハムレットさまと 呼んでいる
誰だろう？ ああ やって来た


（R&G 登場）


**ローゼンクランツ**

殿下 遺体は どうされました？

**ハムレット**

土くれと 混ぜ合わせたぞ 同類だから

**ローゼンクランツ**

どこなのか お教えを！ 我ら そこから 礼拝堂へ運びます

**ハムレット**

信じてなんて いないから

**ローゼンクランツ**

　何をです？

**ハムレット**

　君の秘密を 僕は守るが

　僕の秘密は 君たちが 守らないって 思ってること

　それに加えて スポンジなどに 命令される 筋合はない

　王の息子の 僕からの 返事なんかは

　期待など しないことだね

**ローゼンクランツ**

　スポンジですって？

**ハムレット**

　その通り 王の恩顧や 恩賞 権威 吸い取ってるね

　結局は そんな家臣 王にとり 一番なのだ

　猿が餌など 口の中 頰張るように

　王は君らを 加え込み 最後には 飲み込むだけだ

　君らが集めた 物みんな 必要ならば 絞り取り

　君ら あえなく 元通り 干からびるだけ

**ローゼンクランツ**

　殿下 それ おっしゃる意味が 分からない

**ハムレット**

　それでいい 貶す言葉は 愚かな耳に 届かない

**ローゼンクランツ**

　遺体の場所を 教えてください

　その後 共に 陛下の所 お越しください

**ハムレット**

　遺体はすでに 王の下だよ

　でも王は「遺体の元」じゃ ないからね 王はモノだな

**ギルデンスターン**

　モノですか?!

**ハムレット**

　何もないモノ さあ僕を 王の下 連れて行け

　キツネ隠れて 後を追う 鬼ごっこ…　（一同 退場）


第３場

城内の別の一室


（国王 従者たち 登場）


**国王**

　わしはもう ハムレット 捜し出し

　遺体発見 するように 指示しておいた

　あの男 放置してるの 危険だぞ

　だが問題は 厳しい罰則 適応できぬ

　何しろあれは 低俗な民衆に

　受け入れられて いるからな

　民衆などは 分別もなく 外見で 判断いたす

　そういうことで 罪のこと 軽視され

罪人の 罰だけが 厳しすぎると 糾弾される
あれをすぐさま 国外に 出すのさえ
それ スムーズに 運ぶため
考慮の末と 思わせるのが 大切だ
危険な病気 治すには 危険伴う 治療法 必要だ


(ローゼンクランツ 登場)


さて?! どうなった?

**ローゼンクランツ**

遺体をどこに 隠したか
殿下 全く 教えては くださいません
聞き出すことは できません

**国王**

では ハムレット どこにいる?

**ローゼンクランツ**

この部屋の外 護衛をつけて 陛下のご指示 仰ごうと…

**国王**

今ここへ 連れて来い

**ローゼンクランツ**

おい 殿下をここに!


(ハムレット ギルデンスターン 登場)

**国王**

　さて ハムレット ポローニアスは どこなのだ？

**ハムレット**

　夕食の 真っ最中で…

**国王**

　夕食だって！ 何のこと?!

**ハムレット**

　食べてる途中 ではなくて 食べられている 途中です
　政治屋の 寄生虫らが 集まって
　ガツガツと 食いついてます
　食事なら 寄生虫らが 大王さまだ
　我々は 他の動物を 太らせて 自ら太る
　我々が 太るのは ウジ虫のため
　太った王も 痩せた乞食も メニューのリスト
　料理は二つ 違っていても 食卓の テーブルは ただ一つ
　食べられて オシマイだ

**国王**

　何を言う！

**ハムレット**

　王を食した 虫をエサにし 魚を釣ると
　その虫食べた 魚を人が 食べるのだ

**国王**

　一体おまえ 何が言いたい?!

**ハムレット**

いや何も 王さまも 乞食の胃腸
時として 通過されると お示ししたく 言ったまで

**国王**

ポローニアスは どこなのだ?!

**ハムレット**

天国ですね 使いをやれば 分かること
もしそこに いなければ ご自分で 別の場所
捜しに行くと いいでしょう
でも実際に 今月中に 見つからないと
ロビーの階段 上がるとき 臭いを嗅げば 分かるはず

**国王**

(従者たちに) そこを捜しに 行ってこい 今すぐに！

**ハムレット**

急がなくても 逃げはせぬ　（従者たち 退場）

**国王**

ハムレット この度の おまえの所業 遺憾に思う
だが特に 気がかりなのは おまえ自身の 身の安全だ
だから今すぐ この地去ること 必要だ
急いで準備 するように 船の用意は 整っている
それに順風 供の者さえ 揃ってる
準備万端 イングランドへ

**ハムレット**

イングランドへ?!

**国王**

ああ そうだ ハムレット

**ハムレット**

いいでしょう

**国王**

いいだろう わしの気持ちが 分かるはず

**ハムレット**

その気持ち 見抜く天使が 僕には見える

まあいいさ さあ行くぞ イングランドへ

さようなら 母君よ

**国王**

父親だろう ハムレット

**ハムレット**

母親ですね 父と母とは 夫と妻で

夫と妻は 情欲で結ばれた 肉体一つ だから母親

さあ 行くぞ イングランドへ 　（退場）

**国王**

遅れずに ついて行き 急ぎ乗船 させるのだ

ぐずぐずせずに 今夜には ここを連れ出せ

出航だ！ 万事準備は 整っている

さあ急ぐのだ！ 　（R&G 退場）

イングランドよ 我が恩情を 覚えてるなら…

我が絶大な戦力に 参ったはずだ

我が国による 武力攻撃

その傷跡も 血に染まり 生々しくて

我々に 忠誠の意を 示すだろう
親書に記した ハムレット 即刻 処刑
我が王権に 忠実で あるはずだ 殺るのだぞ イングランド
ハムレット わしの血を たぎらせて
わしの血の 正しい流れ 狂わせる
イングランド その治療 できるのは おまえだけ
この件が 片づくまで わしの運 どうであれ
満足の種 開花せぬ　（退場）

## 第４場

## デンマークの平野

（フォーティンブラス 隊長 兵士たち

　行進しながら 登場）

**フォーティンブラス**

　隊長 僕からの デンマーク王への 伝言だ

　「許可を頂き フォーティンブラス 取り決め通り

　ご領地を 通過いたす」と 申すのだ

　集結地点 分かっているな

　陛下が何か お話あれば ご挨拶に伺うと 伝えるように

**隊長**

　かしこまりました

**フォーティンブラス**

ゆっくりと 前進だ　（フォーティンブラス 兵士たち 退場）


（ハムレット R&G その他 登場）


**ハムレット**

お尋ねします あれは一体 どこの軍隊？

**隊長**

ノルウェー軍です

**ハムレット**

目的は 何なのだ？

**隊長**

ポーランド 侵攻です

**ハムレット**

指揮官は 誰？

**隊長**

老ノルウェー王 その甥の

フォーティンブラスさまですが

**ハムレット**

侵攻は ポーランド 主要部か？ 国境沿いか？

**隊長**

ありのまま 申すなら 出陣は 名誉のためで

価値のない わずかな土地を 取り返すため

地代たったの 五ダカットでも 耕す気にも ならない所

　ポーランドでも　ノルウェーにても　価値はゼロ

　売りに出しても　値段がつくか　分からない

**ハムレット**

　それならば　ポーランド　防戦などは　しないだろう

**隊長**

　ところが　すでに　防戦態勢　整えてます

**ハムレット**

　数千人の　人命や　数万の金　犠牲にしても

　こんな些細な　問題さえも　解決できぬ

　富と安泰　その陰に　潜む膿瘍<sup>55</sup>　外面的に　分からずに

　内部組織は　破壊され　人は死ぬ

　いや　こんなこと　とにかくどうも　ありがとう

**隊長**

　失礼します

**ローゼンクランツ**

　さあ　行きましょう

**ハムレット**

　すぐに行くから　少し先へと…　（ハムレット以外　退場）

　あらゆることが　鈍った僕の　復讐心を　急き立てる

　人間なんて　ラララ　ラララ<sup>56</sup>　何だろう？

---

55　組織の中に膿が溜まった状態のこと。虫歯や歯周病などが原因で
　炎症を起こし、放置すると敗血症や全身の疾患に繋がる。

56　吉田拓郎の歌「人間なんて」（桂文珍によって落語で面白おかし
　く紹介されている）。

持ち時間 ほとんどは 寝て食べるだけ
それならば 野獣と何も 変わらない
そもそも 神は 我々に 過去を見て
将来を 見極める 思考力 授けられた
その能力と 神にも似たる 理性備わり
それ使わずに 朽ち果てさすは 以ての外だ
ところがどうだ この僕は 獣の 忘却症か
物事の 些細な点に こだわりすぎて
小心になり ためらうのかが 分からない
思考力の その中で 知恵などは その1/4
残りみんなの 3/4 臆病風
「これはやるべき」そう言いながら やらずに生きる
やるための 大義や意志や 力 方法 充分に 整って
この世にあった 明白な 実例が 実行せよと 僕を促す
見るがいい あの軍備 あの兵士らの 軍隊を
率いてるのは 優しげで 華奢な 王子だ
だが彼の胸 崇高な 大望で 膨らんでいる
予測できない 戦いのため 死の危険 顧みず
卵の殻ほど 些細なことに 命を懸けて いるではないか
偉大であると いうことは 大儀なしでは 動かない
そうではなくて 名誉に関する 事柄ならば
命を懸けて 果敢に攻める そのことだ
それなのに この僕は 父を殺され 母を穢され
理性 感情 沸き立つときに

眠らせている 恥ずべきことだ
二万の兵士 死に直面し 名声という 淡い幻 夢に見て
寝床のように 死の床に 向かってる
大勢の 兵士らが 戦う余地も ない狭い土地
死者さえも 葬る広さ ないというのに
ああ 僕は 今からは この思い 血で染める
それできないと なったなら 生きてる意味は 何もない
（退場）


# 第 5 場

## 城内の一室


（王妃 ホレイショ 紳士 登場）

**王妃**

あの娘とは 話など ありません

**紳士**

しつこくせがみ 精神に 異常きたして いるのです
とても不憫で なりません

**王妃**

どうしろと おっしゃるの？

**紳士**

ほとんどすべて 話すのは 父親のこと

世の中は ごまかしばかり そう言って
口ごもり 胸を打ち 些細なことに 苛立って
わけの分からぬ 話をし その話には 一貫性が ありません
思うこと 言おうとし 言葉など 取り繕って
目くばせしたり 頷いて ジェスチャー交え 表現します
それで聞き手は 確かなことは 分からなくても
彼女の不幸に 心寄せます

## ホレイショ

お会いされるの お勧めします
このままならば 彼女のことで
良からぬ心 持つ者が 危険な噂 広げるでしょう

## 王妃

今ここへ オフィーリア 呼びなさい　（紳士 退場）
〈傍白〉私の病んだ 心には 罪の本質 そのままに
わずかな憂い 甚大な 災いの渦 その前触れと 思えるわ
罪ある者は その罪を 他人から 隠せない
隠そうと すればするほど ボロが出る


（紳士 オフィーリア 登場）


## オフィーリア

ここデンマーク 麗しの 王妃はどこに？

## 王妃

どうしたの？ オフィーリア

172

**オフィーリア**

　（歌う）本当の愛 どうして分かる？

　　　　巡礼の 貝殻つけた 帽子と杖で？

**王妃**

　ねえあなた その歌は どんな意味なの？

**オフィーリア**

　何ですって？ いえいえ どうか 聞いてください

　（歌う）あの人は 遠い国 あの人は もういない

　　　　あの人は 遠い国 あの人は もういない

　　　　頭上には 青い草 生い茂り

　　　　足下に 墓石立つ ああ 悲しみが…

**王妃**

　ねえ オフィーリア

**オフィーリア**

　聞いてください お願いよ

　（歌う）雪の白ほど 白い色

　　　　死装束は 雪の色


　（国王 登場）


**王妃**

　ご覧になって この姿 我が陛下

**オフィーリア**

　（歌う）香しい 花に飾られ

　　　　愛の雫に 濡れつつ 墓へ

**国王**

　どうしてるのか？ オフィーリア

**オフィーリア**

　私 元気に 過ごしています

　フクロウは その昔 パン屋の娘[57] だったのよ

　陛下 私たちなど 今はこうでも

　どうなることか 分かりませんね

　さあどうぞ 召し上がれ

**国王**

　父親のこと 考えてるな

**オフィーリア**

　お願いだから もうそのことは 言わないで

　でも聞かれれば こう言えば…

　（歌う）明日という日 待ちに待ってた

　　　　バレンタインの 聖なる日

　　　　朝早くから そわそわと

　　　　彼氏の家の 窓辺に立って

　　　　彼氏一人の バレンタインに[58] なるために

　　　　私の彼氏 目を醒まし 服を着て

---

57　キリストがパンを求めたときに、パン屋の娘はごまかしたので、
　フクロウにされたという逸話がある。

58　セント・バレンタインの日(2月14日)に、男性はその日の最初に
　出会った女性を恋人にするという風習があった。

部屋のドア開け 生娘 中に誘った

出てくるときには 生娘は 女となって…

**国王**

哀れなことだ！

**オフィーリア**

（歌う）本当に そう 誓いの言葉 なかったし

　　もうこの話 やめにする

　　ああ むごいこと 恥ずべきよ！

　　そんなことなら 若い男は 誰でもするわ

　　女は言うわ 責任は 実は男に あるのだと

　　「約束でしょう 私との 結婚を！」

　　男が言うの「僕のベッドに 来てなけりゃ

　　君と僕 結婚してた はずだがな…」

**国王**

いつからこんな 調子なんだね

**オフィーリア**

すべてのことが うまくいくよう 願っているわ

でも ずっと我慢しなくちゃ いけないの

冷たい土の 中で静かに 眠る父上

考えたなら 私の涙 止まらない

兄にこのこと 知らせるわ 良いアドバイス 感謝してます

さあ 馬車を！ おやすみなさい 優しい貴女

おやすみなさい 優しい貴女

おやすみなさい おやすみなさい （退場）

**国王**

後を追うのだ 目を離しては ならないぞ

頼んだぞ （ホレイショ 紳士 退場）

ああ これは 深い悲しみ 災いの元

父親の死が 元凶と なっている

ああ ガートルード ガートルード

悲しみが 人を襲う そのときは

単独でなど やっては来ない

来るときは 大挙して 攻め寄せる

まず最初 父親の 殺害だ その次に ハムレット 国外へ

その原因は 自らの 行いだ

ポローニアスの 死のことで 人々は 混乱し 疑念に駆られ

憶測が 憶測を 呼んでいる

そそくさと 秘密裏に 埋葬したの まずかった

哀れにも オフィーリア 自らを 見失い

判断力の 健全さ 失くしてる

それなくば 我々は 主体性なく 野獣同然

それにも 増して 気にかかるのが

彼女の兄が 秘かに一人 フランスからは

戻ってるのに 疑念抱いて まだ雲隠れ

父親の死に 関することで 彼の耳にと

情報を 流す奴らが いる限り

わしを糾弾 する声が 人づてに 伝わっていく

なあ ガートルード こんなことでは 避難の矢玉

身に受けて 命がいくら あろうとも 足るはずがない
（舞台奥で騒音）

**王妃**

あらまあ 何の 音でしょう？


（紳士 登場）


**国王**

スイスの衛兵 どこにいる？
しっかりドアを ガードさせろよ！ 何があったか?!

**紳士**

陛下 すぐにも この場から 退出を！
海の荒波 堰を切り 一気に大地 飲み干すように
レアティーズ 暴徒率いて 衛兵を 圧倒し
押し寄せて 来ています 暴徒は彼を 王だと叫び
新しい世が 今ここに 始まるかのよう
あらゆるものの 礎である 習わしや 慣習を 壊そうとして
「我々の 力にて レアティーズを 王にする」
そう口々に 叫び 手を打ち 帽子投げ
天にも届けと 声を上げ「レアティーズ 国王に！
レアティーズ 国王に！」そう囃し立て 騒いでいます

**王妃**

大騒ぎして お門違いに 吠え立てて
デンマークの 愚かな犬よ 民衆なんて！

**国王**

　ドアが今 壊された　（舞台奥で騒音）


（レアティーズ武装し 登場　民衆が後に続く）


**レアティーズ**

　王はどこ?!　皆の者 外で待て！

**民衆**

　いや 俺たちも 入らせろ！

**レアティーズ**

　頼むから ここは一人で やらせてくれよ

**民衆**

　やらせよう！ 任せよう！　（ドアの外に出る）

**レアティーズ**

　ありがとう ドアの外 守っておくれ

　おい 下劣な王め！ 父上を返すのだ！

**王妃**

　ねえ 落ち着いて！ レアティーズ

**レアティーズ**

　落ち着いている 血が僕の 体の中に

　一滴でさえ あるのなら 父の子などで ないはずだ

　そうなれば 貞節で 清らかな母

　その額には 娼婦の烙印 押すことになる

**国王**

何が理由だ?! レアティーズ
なぜ大それた 反乱などを 起こしたか?!
邪魔立てするな ガートルード
わしのことなら 案ずるな 王には神の ご加護ある
叛逆が芽吹こうと 花開くこと ありはせぬ
さあ レアティーズ 話してごらん
どうして おまえ 激怒している?
手を離すのだ ガートルード
さあ 言ってみなさい

**レアティーズ**

父上は どこなのだ!?

**国王**

死んでしまった

**王妃**

陛下のせいじゃ ありません

**国王**

心の底を ブチまけさせて やればいい

**レアティーズ**

どうして死んだ?! 騙そうたって そうはいかんぞ
忠誠心など クソ食らえ! 臣下の誓い 悪魔に売った
良心も 神の恵みも 奈落の底へ 落ちていけ!
地獄落ちなど 覚悟の上だ 一歩たりとも 譲歩はしない
この世 あの世も 知るものか どうにでもなれ
やることは 父上の仇討つ ただそれ一つ

**国王**

　誰が止める?!

**レアティーズ**

　誰にもそれは 止められぬ

　止められるのは 僕の意志 それだけだ

　僕の力は 限られてるが 使いきっても やり遂げる

**国王**

　なあ レアティーズ

　父親の死の 真相を 知りたい気持ち よく分かる

　だが 復讐の その一撃で 敵も味方も

　勝者 敗者も 皆 共に 倒れてしまう

**レアティーズ**

　倒すのは 父上の 敵だけだ

**国王**

　そう言うのなら 敵は誰 味方は誰か 分かるのか?

**レアティーズ**

　父上の 味方なら 腕を広げて ハグをして

　命削って 雛を育てる ペリカン[59]のよう

　我が血さえ 与えよう

**国王**

　それでこそ 孝行息子 立派な紳士

---

[59] ペリカンは胸に穴を開けて、自分の血を与えて子を育てるという
　伝説がある。動物の中で最も子孫への強い愛を持つとされている。

おまえの父の 死に関しては わしには罪は 何もない
そのことで わしの心は 悲しみに
打ちひしがれて いるのだぞ
おまえの目は 日の光 映すよう
おまえには 備わった 判断力に それが直接 映るはず

**民衆**

(舞台奥で) この人は 入れてやれ

**レアティーズ**

何があったか! 何の騒ぎだ?


(オフィーリア 登場)


ああ熱で 僕の頭脳が 干からびりゃいい
僕の目の 感覚も 識別力も 涙の塩で 焼き尽くせ
神に懸け おまえを狂気に した奴に
倍返しにし 仇は取って やるからな
五月の薔薇の 可愛い乙女!
優しい妹 美しい オフィーリア!
おお神よ 若い娘の 精神が
老人の 命ほど こんなに脆く 壊れるの
どうしてなのか?!
人というもの 愛の気持ちが 起こったときに
心 最も 清くなる

　　　　愛の対象 失うと 自分の命で さえもまた 捧げたくなる

**オフィーリア**

　　（歌う）父上の 顔も覆わず 棺に入れて

　　　　　ああ あのあれよ そう そのそれよ[60]

　　　　　父上の 墓地に降るのは 涙雨

　　　　　さようなら 清らかな人

**レアティーズ**

　　もしおまえ 正気であって 僕に復讐 促そうとも

　　これほど心 動かされたり しないだろう

**オフィーリア**

　　しと しと しとと 降る雨は あの人慕う 心雨

　　ああ どうなってるのか 分からない

　　ご主人の 娘盗んで いったのは 嘘つきの 番頭よ

**レアティーズ**

　　不思議なことに 無意味の中に 意味がある

**オフィーリア**

　　ローズマリー[61]は 忘れな草よ 祈り 愛 思い出なのね

　　パンジーにもある 花言葉「もの思い」

**レアティーズ**

　　狂気の中に 教訓がある もの思い 記憶とは 合致する

**オフィーリア**

---

60　原典 "Hey non nonny nonny, hey nonny" 古いバラード（素朴で感傷
　　的なラブソング）の繰り返しの音。

61　低木の常緑樹　花言葉は「記憶、貞節」。

182

あなたには ウイキョウ[62]と オダマキ[63]ね
あなたには ヘンルーダ[64] 私にも 少しだけ お裾分け
これ日曜の 神の恵みの 薬草と 言われるものよ
あなたと私 年の差あるし
ヘンルーダ 違った風に つけてよね
ヒナギク[65]もある スミレ[66]の花も 差し上げたいわ
でも お父さま 亡くなったとき みんな皆 萎れたの
人の話を 信じるのなら
父上は 立派な最期 遂げられたよう
（歌う） だって素敵で ハンサムな
　　　　　ロビン 私の 喜びの種

**レアティーズ**

憂鬱 苦痛 心痛も 地獄の責め苦 そのものも
妹は 魅力や美点に 変えるのだ

**オフィーリア**

（歌う） 父上は もう二度と 帰ってこない?!
　　　　父上は もう二度と 帰ってこない?
　　　　そう そうなのよ 亡くなられたの

---

62　別名 フェンネル。9月に果実が熟す前に採取され、日干しにされて、食用、医療用（食欲不振、腹痛）として用いられる。花言葉「強い意志 / 背伸びした恋」。
63　キンポウゲ科の多年草。花言葉「愚か」。
64　ミカン科の常緑植物。麻酔に用いられた。花言葉「悔恨 / 悲嘆」。
65　花言葉「平和 / 希望」。
66　花言葉「小さな幸せ / 誠実 / 素朴」。

死の床に 訪ねても もう帰らない
　　髭白く 雪のよう 髪は銀色 亜麻のよう[67]
　　亡くなられたの 亡くなられたの
　　私たち 歎きの海に 捨てられたのよ
　　どうか神様 父上の 魂を お救いください
　皆さまに 救いの御手(みて)を！ 神様に お祈りします
　では さようなら （退場）

**レアティーズ**

　今の姿を どう思う?! ああ神よ！

**国王**

　レアティーズ 君の悲しみ
　我が悲しみと 受け止めろ
　そうできぬなら わしの権利は どこへ行く
　今ここを出て 君が選んだ 最高の 賢人たちを
　連れて来なさい
　君とわしとの 意見を聞いて
　このわしが 直接であれ 間接であれ
　この件に 関わってると 判定下れば
　王国 王座 この命 わしの物 すべてを君に
　償いとして 与えよう
　だが わしに 関わりないと 判明すれば
　今しばらくは 辛抱し わしに力を 貸してくれ

---

67　アマ科の一年草。茎の繊維で高級織物が作られた。

協力し合い 君が復讐 できるよう 取り計らおう

**レアティーズ**

では それで いいでしょう

父の死の 経緯(いきさつ)や 埋葬の 不明瞭さに 加えるに

追悼の 記念の品や 遺体を飾る 剣や紋章

儀礼的 行事なく 喪に服す 形式もない

疑惑の声が 天と地に 響き渡って いるのです

こんなことでは 問題を 究明せずに いられない

**国王**

それならば そうするがいい

罪ある者の 頭上には 正義の斧が

振り下ろされる ただそれだけを 願うばかりだ

では共に 奥に来てくれ　（一同 退場）

## 第6場

### 城内の別の部屋

（ホレイショ 召使い 登場）

**ホレイショ**

僕に会い 話したいとは 誰なんだ？

**召使い**

水夫たちです 手紙預かり 手渡すためと 申します

**ホレイショ**

では 会ってみる ここに通して くれないか

（召使い 退場）

手紙など もらう当てなど 誰もない

ひょっとして ハムレットさま？


（水夫たち 登場）


**水夫1**

ご機嫌よろしゅう 神様の ご加護の下で

**ホレイショ**

こちらこそ ご機嫌よう

**水夫2**

神様の ご機嫌しだい 気まぐれで

イングランドへ 向かわれる 使者の方から

託かった 手紙です 旦那の名前 ホレイショなら

これをお渡し いたします （手紙を渡す）

**ホレイショ**

「ホレイショ この手紙 読み終えたなら

水夫らを 国王の下 連れていっては くれないか？

国王宛の 手紙を持って いるんだよ

海に出て 二日と経たぬ そのときに

重装備 整えた 海賊船に 追撃受けた

我らの船は 船足遅く 戦わざるを 得なかった

奮闘中に 僕は彼らの 船の中へと 跳び込んだ
その途端 彼らの船が 離れたために
僕一人 捕虜となったが 僕は手厚く もてなし受けた
もちろんそこに 交換条件 あってのことだ
返礼が 必要だ 国王に 僕の手紙を 渡したらすぐ
死の追手から 逃げるため 大至急 僕の所へ 来てほしい
君に話せば 君は口さえ 利けぬほど
驚く話が あるんだよ
そこにいる 連中が 僕の所に 君を案内 するからな
ローゼンクランツ ギルデンスターン その二人
イングランドへ 旅を続けて いるはずだ
二人のことで 積もる話が 君にある
では そのときに 無二の親友 ハムレットより」
さあ そちらの手紙も 手渡せるよう 計らってやる
それを手早く 終わらせて
手紙を出した その本人の 所へと 連れてくれ （一同 退場）

## 第 7 場

### 城内の別の部屋

（国王 レアティーズ 登場）

## 国王

さあこれで わしの身が 潔白なこと 証明できた
もうこれで わしのこと 心の友と 思ってくれよ
知的な耳で すでに聞いては いるはずだ
君の立派な 父親を 殺した奴は わしの命も 狙ってる

**レアティーズ**

おっしゃることは その通り
でも 何が理由で 死刑にも 値する 犯行を
放置され 処罰など なさらないのか
陛下の知恵や 安全や その他のことを 考慮して
厳しい処分 適当と 思うのですが…

**国王**

それには理由 二つある
一つ目は 取るに足らぬと 思うだろうが
わしにとっては 大切な 理由なんだが
王妃は 彼の 母親だ
彼の顔 見ることを 楽しみに しておるからな
そして わしには 強みなのか 弱みなのかは 別として
王妃とわしは 命と魂 深く結び 合っている
星たちは 自分の軌道 外れては 運行できぬ
わしも 王妃なしでは 生きられぬ
残る理由は あの男 公の 裁きの場に 連れ出せぬ
民衆に 好かれておって 奴は自分の 欠点を
民衆の 好みの水に 浸して染める

まさにそれ 木を石に 変質させる 泉のように<sup>68</sup>
自分の罪を 美徳に変える
わしの矢も 軽すぎて 強風に 煽られて
わしの弓にと 逆戻りする
目標に 命中するとは 考えられん

**レアティーズ**

そのせいで 僕は立派な 父を失い
妹を 絶望的な 狂気の底へ 落とされた
元の姿の 妹を 褒めていいなら
女性としての 完璧さ 当代随一
比類なき 女らしさ 何があっても 復讐はする

**国王**

このことで 眠れぬほどに 思いつめるな
わしだって 浅はかで 鈍重な 人間ではない
危機迫る中 髭を揺すって 呑気に構え
悠長に してられるなら
いずれそのうち この続き 聞かせもしよう
わしは実際 君の父親 大切に しておった
我が身のことを 大切に するように
これで察しが つくだろう


（使者 登場）

---

68　石化泉 木の表面を石灰質の幕で覆う。

どうかしたのか？ 何の知らせだ！

**使者**

　ハムレットさま 出された手紙

　こちら 陛下に こちらは王妃に

**国王**

　ハムレットから?! 持ってきたのは 誰なのだ？

**使者**

　水夫だと いうことですが 私は直に 会っていません

　受け取ったのは クローディオ 彼から私 手渡され

**国王**

　レアティーズ 読んでみるから 聞くがいい

　下がってよいぞ　（使者 退場）

　（読む）「国王陛下 この私 我が身一つで

　ご領地に 戻ったことを ご報告 いたします

　明日 拝謁の 機会など 頂くために

　手紙をここに 認めました

　その際に 突然の 帰国となった 奇妙な経緯

　詳しく 説明 いたします ハムレットより」

　一体これは どういうことだ!?

　他の連中も みんな揃って 戻ったのか!?

　あるいは詐欺か 作り話か？

**レアティーズ**

　筆跡は ご存知ですか？

**国王**

　筆跡は ハムレットのだ

　「この身一つで」? 追伸に「一人で」とある

　どういうことか 君に分かるか?

**レアティーズ**

　いえ 何も 分かりません だが 来るがいい!

　心の底の わだかまり 一気に解ける

　誓って 奴を 前にして こう言ってやる

　「ハムレット おまえも こうして 殺したんだ」と

**国王**

　もしそうならば レアティーズ

　——だが こんなはずでは ないのだが

　どうなってるか 分からない——

　わしの指図に 従うか?

**レアティーズ**

　はい陛下 指図のままに

　「和解しろ」そうでなければ 何なりと

**国王**

　それならば 復讐心と 和解をさせて やるからな

　もし 奴が 航海を 中断し もう行かないと 戻ったのなら

　絶妙な 罠を 仕掛けて 我が企みで 手際よく 誘導し

　罠の中に 落とし込め 見せしめに してやろう

　その死に関し 疑いは かからぬように

　母親でさえ 誰かを責める こともなく

不慮の事故だと 思うだろう

**レアティーズ**

仰せの通り いたします 策をお教え いただけるなら

手足となって 働きましょう

**国王**

それは何より

君が遊学 して以来 技を磨いた 修行のことは 噂の種だ

ハムレットさえ 聞き知っている

君の才能 まとめたよりも その技一つ

ハムレットを 刺激している

わしにとっては 君の優れた 才能のうち

それなどは 取るに足らない ものだがな

**レアティーズ**

何の技です？

**国王**

若者が 帽子につける 飾りリボンの ようなもの

だがそれも 必要だ

若者に 似合うのは 派手な色 気軽な服だ

年配に なったなら 栄光と 威厳を示す

黒貂の 毛皮や衣服 着たがるものだ

二ヵ月前に 一人の紳士 ノルマンディから やって来た

わし自身 フランス人と 会ったことも

敵として 戦ったことも 過去にある

フランス人は 馬術にかけて 一流だ

だが この紳士 魔術を使い
鞍に根が 生えたかのよう 座ったならば
熟練の 手綱さばきは 人馬一体
生まれ持っての 半人半馬の 姿であった
その技は わしの期待を はるかに超える ものだった

**レアティーズ**

ノルマンディの 人でした？

**国王**

その通り

**レアティーズ**

きっとそれ ラモーです

**国王**

まさしくそれだ

**レアティーズ**

よく知ってます フランスの 誇りであって 宝です

**国王**

そのラモー 君のこと 達人と 褒めちぎってた
防御における その技と 俊敏さ 細身の剣では 敵なしで
互角に君と 闘える 相手がいれば
見てみたいなどと 言っていた
フランスの 剣士でさえも
君を相手に したときは 動き 構え 眼光さえも
見劣りすると 断言してた
この話 ハムレット聞き 嫉妬の毒に 冒されて

君との勝負 したいがために
君の帰国を 今か今かと 待っていた
それで これ 利用して――

**レアティーズ**

何を利用 するのです？

**国王**

君の父親 君にとり 本当に 大切だったか？
悲しみの色 顔に塗り 心は別で なかったか？

**レアティーズ**

なぜ そんなこと 聞かれるのです？

**国王**

君が父親 大切に してなかったと 言うのではない
わしには分かる 時というもの 愛を育む
だが 時は 愛の火花や 炎など 弱めたりする
愛が激しく 燃え盛る中
愛を消し去る 芯すでに そこに存在 するのだよ
良いことなどは 永続しない
良ければ それが 過剰になって 良いが故 消え失せる
やろうという意志 あるのなら
意志あるときに やるべきだ
人の意見や 行動や 様々な 出来事で
その意志は 弱くなり 実行を 遅らせる
そうなると 「やるべきだ」 との 意志薄くなる

浪費家の 溜め息のよう 息を吐く度 身体を 痛めつけるぞ
さあ 怒りの種の 話に戻る
ハムレット 帰ってくるぞ 父の息子で あることを
言葉でなくて 行動で 示すため 君は一体 何をする気か!?

**レアティーズ**

教会へ 逃げ込もうとも 喉元を かき切ってやる

**国王**

聖堂で 殺人は なされては ならぬもの
だが復讐に 聖域はない
なあ レアティーズ こうしては くれないか
しばらく家に 潜みつつ 待っていてくれ
ハムレット 戻ってきたら 君の帰国を 知らせよう
周りの者に 君の腕前 吹聴させる
フランス人が 君に与えた 世評など
さらに上塗り した後で 二人の試合 持ち掛けて
双方に 掛け金を出す ハムレット 計略などに 無頓着
大まかで 大らかだ 切っ先などは 調べないはず
だから容易に 少しの細工で
君のほう 先止めのない 剣を選んで
熟練の 技使い 一撃で 父親の仇 討つのだぞ

**レアティーズ**

きっとやります そのために 剣に毒を 塗っておきます

---

69　溜め息をつくと、心臓から血が抜け、命が縮まると考えられていた。

怪しげな 薬売りから 買ったもの
剣の先に これを塗り ひと突きし 少しでも 血が流れれば
猛毒なので 致命傷
月明り受け 採取した 薬草[70]さえも
効力が ありません かすり傷でも 救えない
塗った剣 軽く触れれば 死に至ります

**国王**

念には念を 入れねばならぬ
目的を 遂行するに ベストなときと 手段など 考えるのだ
もし失敗し 目的が 露見したなら
そんなこと 最初から やらないほうが まだましだ
それ故に この計画に バックアップを 用意する
ちょっと待て ああこうだ
君たちの 剣の技に 賭けるとするが
そのときに いい手があるぞ
君たちは 動き回って 汗をかく
できるだけ 激しく動き 闘うのだぞ
そうすれば 喉が渇き 飲み物が 欲しくなる
わしが奴にと カップを用意 しておくからな
一口飲めば 君が刺す 剣の毒 逃れても
この計画は 成功だ あれっ 何だ?! あの音は?

---

70　月光の下で採取された薬草は、非常に効力があると信じられていた。

（王妃 登場）

　どうかしたのか？ ガートルード

**王妃**

　悲しいことが 次々に 起こります

　レアティーズ あなたの妹 オフィーリア

　溺れてしまい 亡くなられたわ

**レアティーズ**

　溺れて死んだ?! 一体どこで？

**王妃**

　小川の土手に 柳 斜めに 生えてる所

　川の水面（みなも）が 鏡のように 穏やかに 流れゆき

　白い葉が 水面に映る あたりです

　あの娘（こ）はそこに 素敵な花環 身につけて やって来たのよ

　キンポウゲ イラクサや ヒナギクや

　猥褻（わいせつ）な 羊飼い 下品な名前 つけたりし

　清らかな 乙女らは「死人の指」と 呼んでいる

　紫蘭（しらん）の花で 作られた 花環 持ち

　それをあの娘が 垂れ下がる

　柳の枝に 掛けようと よじ登ったら その途端

　意地悪な 柳の枝は 折れ曲がり

　花環もろとも 嘆き悲しむ 川の中へと

　落ちてしまって あの娘のドレス 広がって

　わずかの間 人魚のように あの娘 浮かんで

昔の歌の 切れ端を 口ずさんで おりました
まるで我が身に 起こってる 不幸が何か 分らないのか
水の妖精 さながらに 水に馴染んで…
でも それも わずかの間
ドレスに水が 浸み込んで 重くなり
あの娘の歌を 消し去って
哀れにも あの娘を川の 泥の底へと
引きずり込んで しまったの

**レアティーズ**

それは惨めだ！ 溺れてしまい…

**王妃**

溺れたの 溺れ死んだの

**レアティーズ**

可哀想な オフィーリア
もう水は 充分だろう だから泣かない
だが人の情 堪えても 止めどなく 涙が涙 誘い出す
軟弱と 思うなら 女々しいと 言えばいい
涙 枯れれば 男に戻る ではこれで 失礼します
火と燃える 言葉 涙で 掻き消され…　（退場）

**国王**

ガートルード 後を追う 彼の怒りを 鎮めるために
こんなに骨を 折ったのに！
これでまた ぶり返すかと 心配だ だから後 ついて行く
（国王 王妃 退場）

# 第5幕

第1場

墓地

（二人の墓守り 鋤<sup>すき</sup>と鍬<sup>くわ</sup>を手に 登場）

**墓守り1**

　自分勝手に 死んでしまった 女だろう
　キリスト教の 埋葬なんか していいのかね？[71]

**墓守り2**

　いいんだよ だからまともな 墓作りだぞ
　検死の係 そう言ったから それでいいんだ

**墓守り1**

　何でだよ?! 意図的に 川に入って 溺れ死んだの
　自己防衛に なるってことか?!

**墓守り2**

　なるってことだ

**墓守り1**

---

71　キリスト教は自殺を禁止していたので、自殺した者は教理に反するため、通例、教会内の墓地の埋葬は禁じられていた。

そうなら それは「自己暴行」か?!
それ以外には 考えられねえ 問題の 要点を 整理する
もし俺が 自分の意志で 溺れたのなら
これは「それ」だな「それ」には三つ 種類があって
「やる する 行う」だから女は 意図的に 溺死した

**墓守り2**

まあ聞きな 俺の話を 詮索好きな 男だな

**墓守り1**

続けさせろよ ここには水が あるとする
分かったな ここには人が いるとする
分かったな その人が 水の所へ 歩いていって
溺れたとする
そうなると 意図的だろうが なかろうが
行ったことには 変わりねえ そうだろう
ところがだ 水のほうから やってきて
その人を 溺れさせたら 自分でやった ことにはならず
死んだのは 自分のせいと ならないで
自分の命 自分では 縮めなかった ことになる

**墓守り2**

法律で そうなるのかい？

**墓守り1**

そうなるに 決まってる 検死人の 法律だ

**墓守り2**

真実を 教えてやろう この女 身分が高く なかったならば

教会内の 埋葬などは なかったろうよ

**墓守り 1**

言うじゃねえかよ 平民の クリスチャンより

身分が高い クリスチャン

入水自殺や 首吊り自殺 するのさえ

自分勝手に できるってこと

鋤を渡して くれねえか？ 昔はな 庭師やら 掘割で

生計を 立てる人らが 上流の 階級だった

アダムの仕事 引き継いでいる 者たちだ

**墓守り 2**

アダムってのは 紳士かい？

**墓守り 1**

家紋を持った 最初の人だ

**墓守り 2**

何だって?! そんなもん なかったはずだ

**墓守り 1**

おまえこそ モン句だぞ！ おまえは隠れ 異教徒なのか？

一度も聖書 読んだこと ねえのかい？

聖書には 「アダムが掘った」そう書いてある

道具なしでは 掘れるわけねえ

まだ一つ 質問がある まっとうな 答えでなくば

告白しなよ 自分が馬鹿と…

**墓守り 2**

やってみな

**墓守り 1**

石工かい？ 船大工？ それとも建具屋？

それよりも 誰が一番 頑丈なモノ 作るのか？

**墓守り 2**

絞首刑台 作る人 千人の「客」

来ようとも びくともしない 教会も お呼びじゃないね

**墓守り 1**

おまえのギャグが 気に入った

絞首刑台 そりゃあいい だがどういいか 分かるのか？

悪いこと 企む奴を 処罰する

今おまえ 変なこと 言ったよな

絞首刑台 教会よりも 頑丈に 作られてると

罰当たりだぞ そのせいで おまえには

絞首刑台 ぴったりなんだ さあ もう一度 答えてみろよ

**墓守り 2**

石工や 大工 船大工より

誰が一番 頑丈なモノ 作るのかって?!

**墓守り 1**

ああそうだ 正解出せば 休ませてやる

**墓守り 2**

やったね それは じゃあ言うぞ 今 言うぞう[72]

**墓守り 1**

---

72　今(井)雄三　（いとしこいしの有名な漫才［「交通巡査」の尋問の一コマ]）。

早よ言わんかい！

**墓守り2**

今 言うぞう


（ハムレット ホレイショ 離れた場所に登場）


**墓守り1**

そのことで 頭使うの やめちまいなよ

その頭 いくら叩けど 鈍い頭の 回転は

速くなること ないからな

もう一度 この質問を 受けたなら

答えはこれだ「墓掘り人」だ

この職人の 作る家 最後の審判 その日まで

頑丈に 持つからな

ヨーンのパブに 行ってきて

一パイント[73]の 黒ビール 買ってこい　（墓守り2 退場）

**墓守り1**

（歌いながら掘る）

　　若い頃にゃあ 恋をした

　　そりゃあ それ スイートな ときだった

　　婚約するに オー！ ステキな タイミング[74]！

---

73　570ml。

74　坂本九の歌「ステキなタイミング」の歌詞「ああ この世で一番 かんじんなのは ステキな タイミング」より。

そのときが オー！ ステキな タイミング！

**ハムレット**

この男 自分が何を してるのか

分かってやって いるのかな？ 墓を掘るのに 鼻歌まじり

**ホレイショ**

習慣となり 無感覚に なってるのです

**ハムレット**

確かにそうだ 使ってない 手や指なんか すぐに傷つく

**墓守り1**

老いというやつ 足音立てず やってくる

悪魔の手で 俺を引っ掻き

地面の下へ 押し込めて こんな姿に させられる

（頭蓋骨を墓から投げ上げる）

**ハムレット**

あの頭蓋骨 その昔 舌があり 歌うこと できたのに

人類初の 殺人犯の カインの顎の 骨のよう

あの男 乱暴に 地面に向かい 投げ上げた

この骨も 政治家の 頭であった かもしれぬ

それなのに あの馬鹿に いいように 扱われてる

神さえも 欺く知能 あったかも しれぬのに

**ホレイショ**

その通りかも

**ハムレット**

これがどこかの 宮廷人で

「おはようございます 閣下 ご機嫌いかが？」

そう言ってたか 知れないし あるいはこれが 閣下の骨で

別の閣下の 馬が欲しくて

機嫌取ったり してたかも しれないぞ

**ホレイショ**

おっしゃる通り

**ハムレット**

絶対そうだ ところが今は

レディー・ウジ虫 所有のモノだ

頰も失くして 頭蓋骨 墓掘り人の 鋤で 撲たれて

もし 我々に 物事を 見る目があれば

これこそが 有為転変の 良い見本

ここにある 骨だって ロガッツ・ゲーム<sup>75</sup>に 使われるとは

思っても みなかったはず

それ知るだけで 僕の骨 うずき出す

**墓守り 1**

（歌う）死者のため 白布一枚

　　つるはし一つ 鋤一つ

　　ああ それに 高貴なお客 お迎えのため

　　穴一つ ご開帳　（別の頭蓋骨を投げ上げる）

**ハムレット**

また別のモノ 弁護士の 頭蓋骨かも しれないぞ

---

75　原典 "loggats": 地面に立てられた杭に向かって棒切れを投げ、一番近くに投げたものが勝ちというゲーム。

205

どこへ行ったか こいつの詭弁 虚偽証言や
訴訟をはじめ 所有権紛争や 法的な ごまかしは？
どうして こいつ 粗暴な男に 汚れた鋤で
自分の頭 叩かれて 黙ってる？
暴行罪で 訴えないのか?!
それはなあ 抵当証券 負債証書や ニセ証書
二重登記や 不正取引 し尽くして
土地をいっぱい 買い漁り 土地所有で
利益を上げて 私腹を肥やし 大忙しで あったのに
挙句の果てが 頭蓋骨にと 溜まった土
それだけが こいつの土地だ
証人たちも 正当な こいつの土地の 大きさは
契約証書の 紙ほどの サイズだと 言うだろう
証書類など 集めると 棺には 納まらぬはず
それなのに この男には 所有地は 今これだけだ

**ホレイショ**

それだけですね

**ハムレット**

証文は 羊の皮で できてるのかい？

**ホレイショ**

はいそうですが 子羊のものも ございます

**ハムレット**

そんな証文 頼るのは 人間以下の 動物という 証拠だね
この墓守りに 話しかけて みることにする

これは 誰の 墓なのだ？

**墓守り 1**

わしのです

（歌う）上品な お客のために

　　　土の寝室 ご用意いたし…

**ハムレット**

確かに それは おまえのモノだ

おまえは その中 いるのだからな

**墓守り 1**

旦那は外に いらっしゃる

だから旦那の モノじゃねえ

正直言って わしがその中

横たわる わけじゃねえ でも わしのモノ

**ハムレット**

そこにいるから 自分のモノだと 言うけれど

それはただ 死人のモノで

生きてる者の モノじゃない

だから おまえは 正直者と 言えないな

**墓守り 1**

人間は 生きるからこそ 横たわる

気転を利かして ウソも言う しゃれを言う番 旦那だよ

**ハムレット**

誰のために 掘っている？

**墓守り 1**

男のためじゃ ござんせん

**ハムレット**

　　それではこれは 女のためか

**墓守り１**

　　誰のためでも ござんせん

**ハムレット**

　　埋葬されるの 誰なんだ？

**墓守り１**

　　昔々は「ネエちゃんはキレイ」だった人

　　哀れなことに「死んじまっただ

　　あの世へ イッちまっただ」

**ハムレット**

　　「民衆の 十字軍<sup>76</sup>」現れなかった 様子だな

　　まあいろいろと 変なこと 言う奴だ！

　　気をつけて 話しないと 足下を 掬<sup>すく</sup>われる

　　聞いてくれ ホレイショ ここ三年間

　　少し気に なっていたこと なんだけど

　　百姓たちが 口うるさく なってきて 彼らの口先

　　宮廷人の 耳元近くに やって来て

　　耳鳴りが するほどなんだ

---

76　ザ・フォーク・クルセダーズ（「フゥーォークソングの十字軍？」）の「帰って来たヨッパライ」をもじった。ヨッパライは「天国」に行って、神様に追放されたが、オフィーリアは自殺？したので天国には行けないので、「あの世」とした。

（墓守りに）墓守りになり 何年になる？

**墓守り1**

　長年これを やっとりますが やり始めたの

　忘れもしねえ 先代の ハムレットさま

　フォーティンブラスを やっつけた その日だよ

**ハムレット**

　いつ頃のこと？

**墓守り1**

　そんなこと 分からねえのか？

　どんな馬鹿でも 知ってることだ

　ハムレット 王子さま 誕生された その日だぞ

　気が変になり もうイングランドへ 送られた

**ハムレット**

　なるほどそうだ イングランドへ

　でもなぜ そこへ 送られた？

**墓守り1**

　言っただろう 気が狂ったと

　そこで正気に 戻るだろうって

　戻らなくても あそこなら でいじょうぶ

**ハムレット**

　どうしてだ？

**墓守り1**

　イングランドじゃ 気が触れてるの 気づかれねえ

　そこじゃ みんなは 同じほど 狂ってるって 話だからな

**ハムレット**

どうして彼は 気が狂ったのだ?

**墓守り1**

それが奇妙な 話なんでさあ

**ハムレット**

さて どう奇妙 なんだって?

**墓守り1**

気が変に なったってこと それ自体 奇妙なんでさ

**ハムレット**

どんな理由で?

**墓守り1**

そりゃ ここが デンマークって いうわけだから

わたしゃこの地で ガキの頃から 三十年も

墓掘りを やってます

**ハムレット**

遺体埋められ どれほど経てば 腐るのか?

**墓守り1**

生きてるときから 腐ってる奴 埋める前から 腐ってら

最近は 梅毒で イッちまう奴 多いから

せいぜい 並で 八・九年

なめし皮屋と きたならば 九年は 保証済み

**ハムレット**

どうして皮屋 そうなのだ?

**墓守り1**

そりゃ旦那 仕事柄 自分の皮も なめしてる

それで水はけ バッチリなんで

死体を壊す 解体屋 水ですからな

ほらまた出たぞ 頭蓋骨

こいつは地下に 二十三年 埋まってた…

## ハムレット

誰のものだね?

## 墓守り1

結構 頭(ドタマ) やられた奴で 誰のだか お分かりで?

## ハムレット

いや 分らない

## 墓守り1

イカれた野郎に 呪いあれだ!

昔のことだが この俺に

こいつは ワイン 一瓶分も ブッかけたんだ

これはね 旦那 ハムレット王の 道化をしてた

ヨリックって いう奴の 頭蓋骨だよ

## ハムレット

これがその?!

## 墓守り1

そう これなんで

## ハムレット

見せてくれ(頭蓋骨を手に取る)ああ これは

哀れな姿 ヨリックか?!

ホレイショ 知ってたんだよ この男
冗談を 言わせれば 留まるところ 知らない奴で
想像力は ピカイチだった
数えられない ほどの数
ヨリックに おんぶして もらったな
思っただけでも ゾッとして 吐き気が起こる
何度もキスした 口唇は このあたりだな
あの辛辣な ジョークはどこへ 行ったのだ?
あのおふざけは? テーブルに 着いた者らを
笑いの渦に 巻き込んだ 歌や余興は?
もう自分にも 嘲ける ジョーク 言えないで
顎を失くして しょげている?
さあ ご婦人の 部屋に行き 言えばいい
厚化粧 してみても 結局は こうなるんだと
そう言って 笑わせりゃいい
ねえホレイショ 一つ教えて くれないか

**ホレイショ**

何でしょう?

**ハムレット**

アレクサンダー 大王も 土の中では こうだったのか?

**ホレイショ**

きっとそうです

**ハムレット**

こんな臭いで?! ウワァ〜!（頭蓋骨を置く）

212

**ホレイショ**

きっとそうです

**ハムレット**

土に戻れば どんな卑しい 扱いを 受けるかどうか

知れたもんじゃ ないだろう ホレイショ

アレクサンダー 大王の 遺骨もいずれ ワインの樽の

栓になるかも しれぬから

**ホレイショ**

いくら何でも そんな奇妙な 考えは 奇妙すぎです

**ハムレット**

いや 何も 奇妙じゃないよ

控え目に 論理進めて いったとしても

帰結はこうに 決まってる

アレクサンダー 死亡する アレクサンダー 埋葬される

アレクサンダー 塵に還って 塵は土に 土は粘土に

そう進むなら 粘土がレンガに 作られて

ビールの栓に なったとしても おかしくはない

独裁官の シーザーでさえ 死ねば土

風の流入 防ぐため 栓になる

世界を権威で 震わせた その土も

北風の邪気 追い払う 壁となる

だが静かに シィー！ わきへ行こう 王が来た！


（牧師 オフィーリアの棺を運ぶ者たち レアティーズ

国王 王妃 従者たち 登場）

　王妃とそれに 宮廷人だ 誰の埋葬 なんだろう？
　こんな簡素な 葬儀とは
　棺の中の 人きっと 絶望の淵に 立たされて
　己の命 絶ったのに 違いない
　身分の高い 人なんだ 物陰に 隠れて様子 窺おう
　（ホレイショと共に退く）

## レアティーズ

　葬儀はたった これだけか?!

## ハムレット

　レアティーズだぞ 彼は立派な 青年だ
　注意して 見ておこう

## レアティーズ

　儀式はただの これだけか!?

## 牧師

　妹さまの ご葬儀は 教会の 許容範囲の
　最大限まで 行いました
　死因には 疑念を起こす 点があり
　陛下自ら 慣例破る ご命令 出されなければ
　妹さまは 最後の審判 下る日までは
　不浄なる地に 埋葬される はずでした

慈しみある 祈りではなく 陶器の破片 硬い石[77] 小石など
入れられるのが 普通です
ところがそれが 乙女としての 栄誉受け
墓に花など 撒き添えて 鐘を鳴らせて 弔ってます

**レアティーズ**

これ以上 無理なのか?!

**牧師**

無理ですね
死者のためにと ミサ曲などを 歌うこと
死を安らかに 受け入れた 方々の
魂を 冒涜するに 等しい行為

**レアティーズ**

では 妹を 埋めてくれ
オフィーリアの 美しき 穢れなき 体から
スミレの花が 咲くように!
言っておく 情なき牧師
おまえが地獄で 泣き喚いてる ときにはな
妹は 天国で 天使になって いるだろう

**ハムレット**

何だって! あのオフィーリア?!

**王妃**

(花を撒きながら)

---

77 原典 "flint"(石英の一種)「冷酷の象徴」

美しい花 美しい 乙女にと さようなら
ハムレットの 花嫁に なってくれれば よかったのにね
あなたの初夜の ベッドを飾る 花なのに
あなたのお墓に 撒くことに…

**レアティーズ**

ああ 悲しみが 何倍も 何十倍も
呪いとなって 奴の顔に 降りかかれ！
奴の悪行 妹の 澄みきった 心根を 狂わせたのだ
土をかけるの 待ってくれ！
もう一度 妹を この腕で 抱き締めてやる
（墓穴に飛び込む）
さあ 生者も死者も 共々に 埋めりゃいい
土を山にと 盛り上げて ペリオンの 頂きを越え
天にも届く オリンポス その峰も 及ばぬ高さ 届くまで
この平地 山とせよ！

**ハムレット**

（前に進み出て）何者だ！
悲しみを それほどまで 大げさに 論う者⁉
呪文のような 悲しみの声 聞いたなら
夜空を巡る 星たちも 魔法の呪縛に
かかってしまい 運行を 止めるだろう

---

78 ギリシャ神話 神々が棲むという高い山。
79 ギリシャ北部の峻峰 オリンポス十二神をはじめとし、ギリシャ
   神話の神々が棲んでいたとされる山。標高 2917m。

僕の名は デンマーク王子 ハムレット

（墓の中に飛び込む）

**レアティーズ**

この野郎！（ハムレットに掴みかかる）

**ハムレット**

祈り足りない 様子だな

喉元にある 君の手を 放してくれよ

通常 僕は 短気でも 軽率でもない

でも言っておく 今 僕の中 衝動的な 火が燃えている

だから 君 火の用心 するがいい 手を放せ！

**国王**

二人を離せ！

**王妃**

ハムレット！ ハムレット！

**一同**

どうか お二人…

**ホレイショ**

殿下 どうか 気をお鎮めに

（従者たちが二人を引き離す 二人は墓から出てくる）

**ハムレット**

僕の目が 永遠に 閉じるまで

大切な 問題で 一歩たりとも 譲歩なんて できないぞ

**王妃**

ねえ ハムレット！ 大切な 問題って？

**ハムレット**

　心から僕 オフィーリアを 愛してた

　何万人の 兄がいて その愛を 束ねても

　僕の大きな 愛には叶う わけがない

　彼女のために 君は一体 何ができる？

**国王**

　レアティーズ やはりこいつは 気が狂ってる！

**王妃**

　お願いだから ハムレットのこと 我慢して

**ハムレット**

　さあ どうなんだ?! 神に誓って

　何ができるか 言ってみろ！

　泣くのか？ 闘うのか？ 断食か？ 身を引き裂くか？

　酢を飲むか？ ワニを食べるか？

　どうなんだ?! 僕ならば やってやる

　ここに来たのは 哀れっぽく 泣くためか?!

　オフィーリアの 墓に飛び込み

　僕に恥を かかせたかった？

　妹のそばで 生き埋めに なればいい

　僕だって やってやる

　山のこと ぐだぐだと 喚いていたが

　そうまで言うなら 僕らの上に

　その山の頂上が 太陽に 届くまで

　そして その頂上が 焼き焦がれるまで 土を積め！

オッサの山[80]が イボかコブに 見えるまで

君が大ぼら 吹くのなら 僕はそれ 吹き返す

**王妃**

これみんな 狂気によって 起こること

この発作 ほんのしばらく 続きます

我慢強い 雌鳩が 金色の ヒナ生んだ ときのよう

すぐにうなだれ おとなしく 黙り込むはず

**ハムレット**

なあ レアティーズ どうして僕を 罵倒するんだ？

ずっと友達 だったのに

だが もうそんなこと どうだっていい

ヘラクレスには したい放題 させてやる

猫なんて ニャンと鳴き 犬なんて したい放題

好き勝手にと 歩き回る （退場）

**国王**

ホレイショ あれの面倒 頼むから （ホレイショ 退場）

（レアティーズに） 昨夜の話 思い出し

もう少し 我慢してくれ

あのことは すぐにでも 実行いたす

ガートルード 君の息子に 幾人か 監視をつけて！

この墓に 記憶に残る 記念碑を 建ててやる

---

80 ギリシャの山 ピロニオス川を挟んでオリンポス山と向かい合っ
ている。ギリシャ神話では巨人がペリオン山とオッサ山二つをオリ
ンポス山に積み重ねて、天に登り詰めようとしたとされている。

一時間の 休憩後 すぐに また 会うことにする
そのときまでの 辛抱だ　（一同 退場）

### 城内のホール

（ハムレット ホレイショ 登場）

**ハムレット**
　このことで 話は尽きた ではここで 次の話に 入るから
　あのときの 状況は 覚えているな
**ホレイショ**
　覚えています
**ハムレット**
　この僕の 心の中で 葛藤があり
　夜もぐっすり 眠れなかった
　叛逆者らが 足枷を 掛けられるより 悲惨なことだ
　無鉄砲さが 賞賛される 事例があるね
　緻密な計画 失敗し 手当たり次第 やったのに
　成功すること あるからな
　無鉄砲さも 時には役に 立つんだよ
　我々が 大まかに 始めたことの その結果
　決めるのは 神様だけだと 教えられ…

**ホレイショ**

　おっしゃる通り

**ハムレット**

　船室を 飛び出して 水夫のコートで 身を覆い

　暗闇の中 手探りで ローゼンクランツ ギルデンスターンを

　見つけ出し お目当ての 書類を盗み

　やっとのことで 船室に 戻ったんだよ 大胆だった

　でも 恐怖心で 礼儀など 構ってられず

　親書の中身 知るために 封印切った

　そこで見つけた もの 何か 分かるかい ホレイショ

　国王の 陰謀だ！ 厳重な 命令書

　デンマークや イングランドの 繁栄に

　関わることを 並べ立て その後に

　僕のこと 害虫か 犬畜生と 書いてあり

　「これを一読 されたなら 斧を研ぐ間も

　待たずして ハムレットの首 即刻刎ねよ」と

**ホレイショ**

　まさか⁈ それ 本当ですか？

**ハムレット**

　その親書 ここにある 暇なとき 読めばいい

　それから僕が どうしたか 話そうか？

**ホレイショ**

　お願いします

**ハムレット**

悪辣な 企みの 筋書きの中に ハメられて
プロローグ 頭の中で 作る前
劇すでに 始まった ようなもの
それでドッカと 腰を据え
新しい 親書考え きれいな文字で 書き上げた
かつて この僕 我が国の 政治家のよう
きれいな文字を 書くなんて
仕える者の することと 蔑視して
習った習字 忘れようと したけれど
今度ばかりは 役立った
僕が書いた 要点を 知りたいか?

## ホレイショ

はい 殿下

## ハムレット

国王からの 強い要請 形式で
「イングランドは デンマークの
忠実な 属国で あるからにして
両国の 友好が シュロの木が
立ち並ぶ 姿で あるからにして
平和は常に 豊作の 花冠で あるからにして
双方の 親善を 維持することが 大切で あるからにして」
このように 「あるからにして」で 体裁 飾り
「この書状 読まれたならば
議論など 待たずして これ持参した 両名を

懺悔の機会 与えずに 即刻 処刑 なされたし」と
書いたのだ

**ホレイショ**

封印は どうされました？

**ハムレット**

ああ それも 神様の 思し召し
財布の中に 父上の 国王印の コピーの指輪 入ってた
その書状 元のものと 同じよう 折りたたみ
サインをし 判を押し 元通りにし 返しておいた
すり替えたのは 知られていない
ところが その 翌日が 例の海賊 来襲事件
この後のこと もう言ったよな

**ホレイショ**

ローゼンクランツ ギルデンスターンは 死んだのですね

**ハムレット**

彼ら二人は 喜び勇み この仕事 引き受けた
僕の良心 痛まない 自分で蒔いた 種だから
大物二人 斬り合ってるとき
その切っ先に 小者うろちょろ 出てくるの 危険だね

**ホレイショ**

それにしたって 何という 国王ですか?!

**ハムレット**

そうだろう 考えてみて くれないか
どんな立場に 僕がいるかを

あの男 父上である 国王殺し 母上を 娼婦扱い
　　僕の命も 釣り上げようと 企んだ
　　僕にある 前途の望み ブチ壊し
　　それさえも 卑劣な手段 使ってだ
　　この腕で こんな男に 制裁を 加えるの
　　正当な 行為だと 思うだろう
　　人々の 心蝕む ウイルスを 放置するなら 禍根を残す

**ホレイショ**

　　もうすぐに イングランドから 国王に
　　問題の 決着の 報告が あるはずですね

**ハムレット**

　　間もなくだろう それまでは こちらのものだ
　　人生なんて アッと言う間に 過ぎてゆく
　　でも ホレイショ 我を忘れて レアティーズには
　　悪いことしたと 思ってるんだ
　　僕の立場を 彼の立場に 当てはめたなら
　　全く同じ 彼にはすぐに 謝まらないと
　　でも あれほども 大げさに 嘆くのだから
　　僕までも 常軌 逸して…

**ホレイショ**

　　シィー！ 誰か来ますよ


　　（オズリック 登場）

**オズリック**

　殿下 ご帰国 心より お喜び 申し上げます

**ハムレット**

　いや ありがとう

　〈ホレイショに傍白〉「水の虫」[81] って 知ってるかい？

**ホレイショ**

　〈ハムレットに傍白〉いえ 知りません

**ハムレット**

　〈ホレイショに傍白〉それは 良かった

　知ってれば 不幸なことだ この男 肥沃な土地の 大地主

　野獣なら 野獣の王に なるがいい

　リッチになれば 飼い葉桶

　王さまの テーブルに 出してもらえる

　しゃべると ガーガー うるさいカラス

　だが 見ての通り 土塊詰めて 体まで

　肥沃になって 肥満体

**オズリック**

　殿下 今 お時間が 頂けるなら

　陛下からの 伝言を お伝えします

**ハムレット**

　心して 聞きましょう

　その帽子 用途にあった 使い方

---

81　原典 "waterfly"「水上の虫」（溜まり水などに生息 ケラ類の昆虫）
「空虚、虚栄」の象徴。

したらどうです 頭の上に

**オズリック**

　ありがとう ございます それには 少し 暑すぎますね

**ハムレット**

　いや 僕は とても 寒いぞ 北風だろう

**オズリック**

　ぽちぽち冷えて きましたね 本当に

**ハムレット**

　でも体質の せいなのか 蒸し暑い気も するけれど

**オズリック**

　異常です これ 殿下 何と申せば いいものか

　とにかくとても 蒸し暑い でも国王の 伝言を 申しますと

　陛下は殿下に 賭けられまして これがその 伝言で

　（ハムレット 帽子を被るような ジェスチャーをする）

**ハムレット**

　帽子をどうぞ…

**オズリック**

　いえ殿下 このほうが 落ち着くのです

　レアティーズさま 宮廷に お戻りに なりました？

　彼こそは 正真正銘 紳士です

　卓越した 才能があり 温厚で 容姿も優れ

　率直に 申しましても 紳士の鑑 どこから見ても 紳士です

**ハムレット**

　彼の描写は 完璧だ 彼を在庫の 一覧のよう

並べ立てても 聞く者は 記憶の順が ごちゃごちゃになり
数あるリストに 追いつけず 読み間違いが 起こるだけ
本当に 賞賛しても する価値がある
僕は彼を 立派な男と 評価する
彼にある 天賦の才は 稀なもの
厳密に 言うならば 彼に比肩 できるのは
鏡に映る 彼だけだ 彼の真似 できるのは 彼の影だけ

**オズリック**

さすが殿下は お目が高い

**ハムレット**

彼を誉める 主旨は何？
どうして我ら 立派な紳士 俗な言葉で 包み込む？

**オズリック**

ハァ？

**ホレイショ**

別の言い方 なさっては？ それなら分かる はずですが…

**ハムレット**

なぜこの紳士 話題に上げた？

**オズリック**

レアティーズさま？

**ホレイショ**

言葉の財布 もう空で
金の言葉は 使い尽くした ようですね

**ハムレット**

227

そう 彼のこと

**オズリック**

ご存知ない はずはない はずですが…

**ハムレット**

それ知って くれてたら いいのだが
そうだとしても どうってことない それで?

**オズリック**

レアティーズさま 卓越の技 お持ちなの ご存知でしょう

**ハムレット**

彼にある 卓越さ 自分のものと
比較したくは ないからね「ご存知」と 言いたくないね
でも人を よく知ることは 己知るのに 役に立つ

**オズリック**

私が申し 上げること レアティーズさまの 剣さばき
噂では 群を抜いてる ようなのですが…

**ハムレット**

彼の剣は 何なのだ?

**オズリック**

細身の剣と 短剣と…

**ハムレット**

両刀使い? まあそれもいい

**オズリック**

陛下は彼に バーバリー産[82] 六頭の馬 お賭けになった
それに対して レアティーズさま 担保とし
フランス製の 六振りの 細身の剣と 短剣と
付属の品の ベルトや剣の 吊り装具
剣の柄との バランスも良く 精巧な 工芸品で
デザインも 奇抜なものを お出しになった

**ハムレット**

吊り装具とは 何なのだ？

**ホレイショ**

補足説明 ないならば 何のことか 分かりませんね

**オズリック**

吊り装具とは 吊り紐の 別称ですが…

**ハムレット**

その言葉 大砲を 吊るして歩く 時くれば
相応しいものに なるだろう
それまでは 吊り紐で 充分だ
まあ それはいい バーバリー産 六頭の馬
それに対して フランス製の 六振りの 剣と付属品
精巧に 作られた 吊り紐か
デンマーク対 フランスの 賭けとなる
だが その担保 何のため？

**オズリック**

---

82　アフリカ北部の地域

陛下の賭けは 十二本 勝負です
ハムレットさまに 三勝の ハンデ付きです
だから実質 九本勝負
もし殿下 この挑戦を 受けられるなら
直ちに試合と なりますが…

**ハムレット**

断ったなら どうなるか？

**オズリック**

いえ殿下 ただお相手を してくだされば…

**ハムレット**

では僕は この広間にて ブラブラしてる
陛下の都合 つくのなら 僕にはちょうど 運動時間
練習用の 剣 用意して レアティーズ やる気であって
陛下まだ その気なら
できることなら 陛下のために 勝ってやる
負けるとしても 恥の上塗り
一・二本 余分に打たれる だけのこと

**オズリック**

そのように お伝えしても よろしいですか？

**ハムレット**

ああ結構だ どのように 飾りつけても 構わない

**オズリック**

ではそのように お伝えします
今後とも よろしくお願い いたします

**ハムレット**

　こちらこそ こちらこそ　（オズリック 退場）

　あれじゃ自分で よろしくやるしか 手がないな

　他には誰も 引き立てる者 いないだろう

**ホレイショ**

　タゲリ[83]のヒナが 殻を被って 走り去ります

**ハムレット**

　幼い頃は 乳を飲む前

　母親の 乳房にも 敬礼してた 輩だな

　あの男 他の同類の 者たちが

　浮薄な時代 社交術だけ 身につけて

　時流に乗って 泡で結んだ 社交界など

　宴遊しては いるけれど

　試しに一度 息吹っかけて みたならば

　泡ははじけて 消えていく


　（貴族 登場）


**貴族**

　殿下 今しがた 陛下から オズリック

　お遣わしに なりました

　この広間にて 殿下 お待ちと 伺ってます

---

83　原典 "lapwing" 卵から孵るとすぐに殻を頭に載せたまま歩く鳥。
　帽子を被って走るオズリックを揶揄している。

レアティーズとの 試合は 今で 異存はないか
延期 望むか 聞いて来いとの ご命令です

**ハムレット**

僕の気持ちに 変わりなど ありません
我が陛下 お心のままに
陛下さえ よいのなら 僕はいつでも やりますよ
今であろうと 後であろうと 体調が 今のようなら…

**貴族**

国王 王妃 それに皆さま お越しです

**ハムレット**

それはよかった

**貴族**

試合の前に ハムレットさま レアティーズにと
温かい お言葉を 掛けるようにと 王妃からの 言伝<sup>ことづて</sup>ですが

**ハムレット**

良いアドバイスだ　（貴族 退場）

**ホレイショ**

この賭けに 勝てないのでは ありません？

**ハムレット**

いや そうは 思わない
レアティーズ フランスに 行ってからも
僕は練習 励んでた
三本の ハンデなら 勝てるだろう
でも どういうわけか 胸のあたりが モヤモヤしてる

たいしたことじゃ ないけれど

**ホレイショ**

いえ 殿下

**ハムレット**

馬鹿げたことだ 女なら 気にするような

わけの分からぬ 不安感 あるだけだ

**ホレイショ**

嫌な予感が するのなら おやめください

体調が すぐれないから 今日は無理だと

皆さまを お止めして 参ります

**ハムレット**

それだけは やめてくれ 予感なんかは 気にしてられん

雀が一羽 落ちるのも 神の摂理だ

来るべきものが 今来たならば 後には来ない

後に来ぬなら 来るのは今だ

今来なくても いずれは来るに 決まってる

必要なのは 心の準備 それがすべてだ

誰しも人は 生きてれば どんな人生 残っていたか

人生の どの段階に 置かれても 想像できぬ

そうならば 早く死んでも 同じこと

なるようにしか ならぬもの


(国王 王妃 レアティーズ 貴族たち オズリック

 試合用の剣を持った従者たち 登場)

**国王**

さあハムレット 今この手 取りなさい

（レアティーズの手を取り ハムレットと握手をさせる）

**ハムレット**

謝罪する レアティーズ 済まないことを してしまったな

紳士との 名において 許してほしい

列席の 方々も ご存知で

君もどこかで 聞き及んでる ことだろう

僕は重度の 精神障害 患っていて 苦しんでいる

僕のしたこと 君の人格 名誉など 蔑<ruby>ろ<rt>ないがし</rt></ruby>にし

さぞかし君の 敵愾心<rt>てきがいしん</rt>を 掻き立てただろう

狂気のせいだと 分かってほしい

加害者は 僕なのか？ いや僕じゃない

正気を失くし 僕自身 失った その僕が

君に危害を 加えたならば それ僕の 仕業では ないはずだ

僕はそれ 否定する では 誰がした？ 僕の狂気だ

そうなれば 僕も被害者 僕の狂気は 哀れな僕の 敵なんだ

レアティーズ この聴衆の 面前で

意図せずに 行った 悪行の 僕の弁明

寛大な 気持ちにて 受け入れて くれないか？

放った矢 屋根を越え 意図せずに

我が親友を 傷つけたのだ

**レアティーズ**

この度の件 父思う 子の情として
復讐心を 駆り立てられて いましたが
今のお言葉 頂いて 胸のつかえが 下りました
だが 名誉において 別問題だ
誉れある 長老の 方々の 声を聞き
和解の先例 伺って 僕の名が 穢されないと 分かるまで
気安く和解 できません
しかしまた そのときまでは
友情は 友情として お受けして 穢す気は ありません

**ハムレット**

その言葉 言葉通りに 受けるから
心置きなく 親友として 闘おう
剣を渡せ

**レアティーズ**

さあ 僕にも剣を

**ハムレット**

レアティーズ 僕は君の 引き立て役だ
剣の技で 未熟な僕が かすかに見える 星ならば
君のスゴい 剣さばき 夜空に光る 一等星だ

**レアティーズ**

冗談は やめてください

**ハムレット**

いや本当だ

**国王**

オズリック 二人に剣を

ハムレット 賭けのこと 知っておるな？

**ハムレット**

はい 知っております

弱い私に ハンデなど くださった

**国王**

心配は しておらん 二人の剣は よく見てきたぞ

だがレアティーズ 修行を積んだ そう聞いたので

ハンデなど つけたまで

**レアティーズ**

この剣は 重すぎる 別のを見せて くれないか

**ハムレット**

僕はこれが 気に入った 剣の長さは 同じだね

**オズリック**

はい 殿下 （二人は試合の準備に入る）

**国王**

テーブルの上に ワインのカップ 置いておけ

もし ハムレット 一回戦か 二回戦にて

一本取るか 三回戦で 雪辱の 一本取れば

祝砲を 撃ち鳴らせ

ハムレットの 健闘称え わしは祝杯 上げるから

カップには 真珠を一つ 投げ入れる

デンマーク王 四代の 王冠を 飾った真珠

それよりも 立派な物だ カップをよこせ

トランペットに 合わせ ドラムを 打ち鳴らせ
トランペットは 外の大砲 大砲は天に
天は大地に 木霊して
クローディアス 国王が ハムレットにと
祝杯上げると 知らしめよ さあ開始！
審判の おまえたち よく見ておけよ

**ハムレット**

さあ 来い

**レアティーズ**

おお 殿下　（二人は闘う）

**ハムレット**

一本！

**レアティーズ**

いや まだだ

**ハムレット**

判定は?!

**オズリック**

一本 明らかに 一本です

**レアティーズ**

よし それならば 二回戦！

**国王**

待て！ ワインを！ ハムレット この真珠 おまえの物だ
おまえにここで 乾杯だ ハムレットにも カップを渡せ
（トランペットの音 城内で 祝砲の音）

**ハムレット**

　この二回戦　まず先に

　しばらくそこに　置いていて　ください

　さあ来い　（二人は闘う）

　また一本！　どうだ？

**レアティーズ**

　かすったぞ　確かにそれは　認めよう

**国王**

　我が息子　勝ちそうだ

**王妃**

　すごい汗　息も切らせて

　ねえ　ハムレット　このハンカチで　額の汗を　拭きなさい

　ハムレット　王妃が　あなたの　幸運祈り　乾杯します

**ハムレット**

　母上！

**国王**

　ガートルード　飲んではならぬ

**王妃**

　いえ　陛下　失礼し　少し飲ませて　頂きますわ

**国王**

　〈傍白〉毒入りの　カップだぞ　もう手遅れだ

**ハムレット**

　そのカップ　後でお受け　いたします

**王妃**

**ハムレット** こちらにおいで 顔の汗 拭いてあげます

**レアティーズ**

陛下 今度こそ 一本取ります

**国王**

まあそれは どうだかな

**レアティーズ**

〈傍白〉だが 良心が とがめてならぬ

**ハムレット**

さあ 三回戦だ 手を抜いてるな

頼むから 思いっきり やってくれ

僕のこと 弄んでる みたいだぞ

**レアティーズ**

そう言うか? では ヤルぞ!　（二人は闘う）

**オズリック**

一本なし 引き分けだ

**レアティーズ**

さあ これで!

（レアティーズはハムレットを傷つける

それから取っ組み合いとなり 二人は剣を取り違える）

**国王**

二人をすぐに 引き離せ! 二人とも 逆上してる

**ハムレット**

離せ さあ もう一勝負

（ハムレットがレアティーズを傷つける 王妃が倒れる）

**オズリック**

　大変だ 王妃さまには ほら！

**ホレイショ**

　二人とも 出血してる 殿下 大丈夫です？

**オズリック**

　レアティーズ 大丈夫です？

**レアティーズ**

　僕が仕掛けた 罠なのに それにまんまと はまったぞ

　ああ オズリック 僕の企み この僕の 命を奪う

**ハムレット**

　母上は どうされたのか？

**国王**

　二人の血を見て 気を失った

**王妃**

　いえ 違います ワインです ワインです

　ああ ハムレット ワイン ワインに毒が…

**ハムレット**

　ああ 陰謀だ！ おい ドアを ロックしろ！

　陰謀だ！ 犯人を 捜し出せ！ （オズリック 退場）

**レアティーズ**

　ハムレット 犯人はここにいる

　君は死ぬ どんな薬も 効き目ない

　命尽きるの あと半時間 裏切りの 凶器は君の 手の中だ

　先どめが 外されて 切っ先に 毒が塗られた 剣なのだ

240

卑劣な企み 我が身に返り ほら 僕は ここに倒れて
起き上がるのも できないんだよ
王妃さまは 毒殺だ もう口も 利けはしないぞ
王 王こそが 暗殺者！

## ハムレット

切っ先に毒！ そうなら 毒よ 体中 駆け巡れ
（ハムレット 王を刺す）

## 一同

謀反だ！ 謀反！

## 国王

ああ 助けておくれ みんな皆！
怪我をしただけ なんだから

## ハムレット

近親相姦 人殺し 呪われた デンマーク王
この毒を 飲み干すがいい
おまえが入れた 真珠だぞ！ 母上の 後を追え！

## レアティーズ

自業自得だ 王自らが 混ぜた毒
気高い王子 ハムレット お互いに 許し合おう
僕と父の死 君の罪には ならぬよう
また君の死が 僕の罪にと ならぬよう

## ハムレット

天よ！ 君を お赦しに！ （レアティーズ 死ぬ）
僕もすぐ 行くからな 僕はもう 命運尽きた ホレイショ

哀れな母上 さようなら
この出来事に 蒼ざめて 震えてる 君たちは
この芝居では 台詞のない 脇役か 観客か？
ああ 時間さえ あったなら
死神は 残酷な 警官だ 逮捕したなら 逃がさない
ああ 話したいこと まだ多くある
だが こうなれば Let It Be！
なるようになれ！ ホレイショ
もう 息が 途絶えるぞ 君はまだ 生きていて
僕のこと こうしたことの 事情など
知らない者に 正しく伝えて くれないか

**ホレイショ**

そんなこと まさか僕にと！
デンマーク人で あるより僕は
古代ローマの 人でありたい
少しワインが 残っています

**ハムレット**

男なら カップをよこせ！ 手を放せ！
何があっても 放さんぞ
なあ ホレイショ 事情はっきり しないままなら
僕の死後 悪い噂が 立つかもしれん
少しでも 僕のこと 考えて くれるなら
後しばらくは 天国に来る 至福のときを 遅らせてくれ
この世を包む 過酷な中で 生き長らえて

この物語 伝えておくれ

（遠くで進軍の音 近くで大砲の音）

何事だ？ あの勇ましい 物音は？

**オズリック**

ポーランドから 凱旋途中

フォーティンブラス 王子がここで

イングランドの 使節に対し 礼砲で 迎えています

**ハムレット**

ああ もうだめだ ホレイショ

猛毒が 僕の体も 心さえ 征服したぞ

イングランドが 寄こした知らせ

生きてるうちに 聞けそうにない

だが 王位を継ぐは フォーティンブラス

そう予言して そう希望する 彼にこのこと 伝えてくれよ

こうなった原因も 経緯も——後は沈黙 （死ぬ）

**ホレイショ**

ああ 気高い心 消え去った

おやすみなさい 優しい王子 ハムレット

天使の歌に 誘われ 永遠の 眠りへと

どうしたのかな？ 太鼓の音が 近づいてくる（行進の音）


（フォーティンブラス イングランド使節 その他 登場）


**フォーティンブラス**

その場面とは どこのこと？

**ホレイショ**

何をご覧に なりたいのです？

嘆き 悲しみ その極致なら

ここ以外には 見当たりません

**フォーティンブラス**

死体の山が 壮絶な 破局の跡を 物語ってる

ああ 高慢な死よ！ 一撃で これほど多く 王侯貴族 惨殺し

永久の国 その館にて どんな宴を 開く気なのか？

**使節**

陰惨な 光景だ イングランドの 使節さえ 遅すぎた

報告するに 聞く人 不在 国王の 命令通り

ローゼンクランツ ギルデンスターン

処刑執行 したのに対し

我ら誰から 感謝の言葉 頂けるのか？

**ホレイショ**

感謝の言葉 述べる命が あったとしても

王の口から 出なかったはず

両名の 死の命令は 王が出された ものでない

だがちょうど この惨状に 出くわされ

ポーランドとの 戦から 戻られる方

イングランドから 到着された 使節の方に お願いします

どうかこれらの ご遺体を 公に するために

壇上高く 安置するよう ご指示ください

244

その後で 事情知らない 人々に
事の成り行き 語らせて もらいます
淫らで 血まみれ 人の道 外れた行為
偶然による 裁きなど 意図しない 殺人や
巧妙な 策略が もたらした死や
最後には 己の策に 逆襲されて 己の死 迎えるはめに
なった顛末 ありのまま 申し上げます

**フォーティンブラス**

今すぐに お聞かせ願う
主だった 貴族の方も ご同席 いただこう
私としては 悲しみの中 幸運を 掴み取る
過去の経緯 考えるなら この国王の 継承権は 私にもある
そのことを 主張するには 絶好の 機会でもある

**ホレイショ**

その件に つきまして 私からも
申し上げたい お話が ございます
ハムレットさまの 遺言で それ お話しすれば
多くの賛同 得られるでしょう
でも まず先に 申し上げた 祭壇のこと
今すぐに 執りかかるよう 命令を お出しください
人心が 乱れていると 陰謀や 混乱の渦
巻き起こり かねません

**フォーティンブラス**

ハムレットさま 武人らしく

隊長四人に 運ばせて 壇上に上げ 祀らせる
王位に就いて おられたら
誰よりも 王らしく 輝かれてた はずである
彼の死を 弔うために 軍楽を 演奏し 高々と 礼砲を撃ち
彼のこと 称えよう ご遺体を 運び出せ
このような 光景は 戦場にこそ 相応しい
ここでは これは そぐわない
行け 兵士らに 礼砲撃てと 命令だ
(兵士 遺体を運びつつ行進し 退場
その後 礼砲が 響き渡る)

# あとがき

　シェイクスピアの「悲劇時代」と一般に称せられる頃に、四大悲劇の『ハムレット』、『オセロ』、『リア王』、『マクベス』が次々に書かれています。そのトップバッターで、最高の地位に君臨するのが『ハムレット』（1600）です。シェイクスピアはまだ 36 歳という若さ。現在と違い、平均寿命が短い頃だとはいえ、やはり偉大だと評さざるを得ません。

　日本のシェイクスピア学者と自他ともに認められている数多くの方々が、19 世紀末から現在に至るまで、140 年間に『ハムレット』の訳にチャレンジされました。きっと先達の訳よりも優れたものをと意を決して、訳されてきたのでしょう。私はシェイクスピアが専門ではありませんが、私も訳者の一人ですから、気持ちは同じです。きっと、それぞれ苦心惨憺されて、翻訳を完成され、日本にシェイクスピアの作品を紹介されたのですから、すべての方々に敬意を表します。

　こう書いておいて、その方々の苦労に冷や水を浴びせるようで、誠に心苦しいのですが、どうしても書かざるを得ないことがあります。ご容赦ください。先に先輩方には謝罪しておきます。

　私の七五調の訳は、過去のものとは全く別の範疇に入るものです。過去の 30 人ほどの方々の訳は散文形式のものです。残念ですが、それでは、シェイクスピアが劇作品を散文で書

いたわけではないので、詩的なリズムがどうしても出ないのです。要するに、散文形式の訳では、その形式という厳しい枠内に閉じ込められていて、いくら上手に訳したとしても、シェイクスピアの劇的「詩」の説明文にしかならないのです。

　過去の散文訳とは、私の本邦初の七五調の訳とは別の範疇に入るものです。私のものは、基本として、詩的に構成されています。（ところどころ、どうしようもなく七五調のリズムになっていなかったり、私の勝手気ままなギャグによって、気分的にリズムに乗れない箇所もあるでしょうが…）どの個所も省略したわけでもないのに、全文の語数も少なく、七五調のリズムに乗って、軽快に読み進めていただけると信じております。

　どの本でも結構ですから、今までの散文の訳と、この七五調の訳を声に出し、お読みいただければ違いを感じ取っていただけると思います（できるだけ主役の同じ長い台詞を選んでください）。別物ですので、優劣をつけたりするのではなく、ただ読み比べていただければ、違いがよく分かっていただけるでしょう。違いは、一目瞭然です。ギャグ好きの私流に言うなら、「一耳瞭然です」。

　『ハムレット』が世界中の膨大な数の作品の中で群を抜いているのは、グローバル化した今の世で、英語で書かれたという点がかなり大きなアドバンテージとなっています。他国の言語に訳した場合、シェイクスピアが書いた言葉の音の響きが伝わらないので、作品の劣化は免れません。それでも、他

これだけ多くの国々で高く評価されているのですから、それ
だけでも真の価値が分かります。

　前述しましたように、シェイクスピアの全作品の中で、や
はり傑出しているのはこの『ハムレット』であるのは万人の
認めるところです。では、なぜそうなのかを私なりに考えて
みます。

　『ハムレット』の種本は、遠く12世紀末にデンマーク人の
歴史家が書いた年代記によるものです。そこに書かれていた
物語がフランス語に翻案され、それが16世紀後半にイング
ランドに伝わり、「原ハムレット」と呼ばれているオリジナ
ルの『ハムレット』が、シェイクスピアが書いた偉大な『ハ
ムレット』より前に上演されていた記録が残っています。

　続いて、1587～88年頃に上演されたトマス・キッドの
『スペインの悲劇』は、『ハムレット』にある亡霊、主人公の
狂気、劇中劇などがあり、エリザベス朝の復讐劇の先駆け的
存在で、シェイクスピアはこれを自分の作品の中に取り入れ
たのでしょう。これはあくまで、筋書きを取り入れただけ
のことであり、シェイクスピアの作品の中にだけある貴重な
エッセンスは、彼の哲学であり、人生論なのです。そこに
我々は共感し、感動し、学び、生きる指針を見出せるのでは
ないでしょうか。

　もう一つ文学作品には大切な役目があります。それは、
シェイクスピアが主要な登場人物に語らせている「鏡」の役
目です。それは時代を映し、観客や読者各個人の内面を映し

出す働きをするものです。『ハムレット』の中には、高品質の「鏡」が散りばめられています。受け手一人一人の内面を映し出す鏡です。さらに、ハムレットは狂気という偏向や屈折する鏡まで持っているのですから、読者はその鏡に自分を映してみて、今までの自分でなかった自分をも発見できるのかもしれません。

　シェイクスピアの登場人物の発言や行動の中にある「宝」を発見できれば、人生が有意義なものになると私は信じています。


　最後になりましたが、この作品を出版していただき、いつも励ましの講評を頂く風詠社社長の大杉剛さま、優しい笑顔で、殺伐とした気持ちを和らげてくださる牧千佐さま、心を込めて丁寧に編集していただいている藤森功一さま、細かいところまでしっかりと校正をしていただいた阪越エリ子さま、そして読みづらい手書きの原稿の全文をパソコンに打ち込んでくださった藤井翠さまに感謝申し上げます。

## 著者略歴

今西 薫
京都市生まれ。関西学院大学法学部政治学科卒業、同志社大学英文学部前期博士課程修了（修士）、イギリス・アイルランド演劇専攻。元京都学園大学教授。

著書
『21 世紀に向かう英国演劇』（エスト出版）
『*The Irish Dramatic Movement: The Early Stages*』（山口書店）
『*New Haiku: Fusion of Poetry*』（風詠社）
『*Short Stories for Children by Mimei Ogawa*』（山口書店）
『*The Rocking-Horse Winner & Monkey Nuts*』（あぽろん社）
『*The Secret of Jack's Success*』（エスト出版）
『*The Importance of Being Earnest*』〔Retold 版〕（中央図書）
『イギリスを旅する 35 章（共著）』（明石書店）
『表象と生のはざまで（共著）』（南雲堂）
『詩集 流れゆく雲に想いを描いて』（風詠社）
『フランダースの犬、ニュルンベルクのストーブ』（ブックウェイ）
『心をつなぐ童話集』（風詠社）
『恐ろしくおもしろい物語集』（風詠社）
『小川未明＆今西薫童話集』（ブックウェイ）
『なぞなぞ童話・エッセイ集（心優しき人への贈物）』（ブックウェイ）
『この世に生きて 静枝ものがたり』（ブックウェイ）
『フュージョン・詩 & 俳句集 ―訣れの Poetry ―』（ブックウェイ）
『アイルランド紀行 ―ずっこけ見聞録―』（ブックウェイ）
『果てしない海 ―旅の終焉―』（ブックウェイ）
『J. M. シング戯曲集 *The Collected Plays of J. M. Synge*（in Japanese）』（ブックウェイ）

『社会に物申す』純晶也［筆名］（風詠社）

『徒然なるままに 一老人の老人による老人のための随筆』（ブックウェイ）

『「かもめ」＆「ワーニャ伯父さん」一現代語訳チェーホフ四大劇Ⅰ一』（ブックウェイ）

『New マジメが肝心 一オスカー・ワイルド日本語訳』（ブックウェイ）

『ヴェニスの商人』一七五調訳シェイクスピアシリーズ〈1〉一（ブックウェイ）

『マクベス』一七五調訳シェイクスピアシリーズ〈2〉一（風詠社）

『リア王』一七五調訳シェイクスピアシリーズ〈3〉一（風詠社）

『テンペスト』一七五調訳シェイクスピアシリーズ〈4〉一（風詠社）

『ちっちゃな詩集 ☆魔法の言葉☆』（風詠社）

＊表紙にあるシェイクスピアの肖像画は、COLLIN'S CLEAR-TYPE PRESS（1892 年に設立されたスコットランドの出版社）から発行された *THE COMPLETE WORKS OF WILLIAM SHAKESPEARE* に掲載されたものを使用していますが、作者不明のため肖像画掲載に関する許可をいただいていません。ご存知の方がおられましたら、情報をお寄せください。

『ハムレット』 七五調訳シェイクスピアシリーズ〈5〉

2023 年 5 月 23 日　第 1 刷発行

著　者　　今西　薫
発行人　　大杉　剛
発行所　　株式会社 風詠社
〒 553-0001　大阪市福島区海老江 5-2-2
大拓ビル 5 - 7 階
TEL 06 （6136） 8657　https://fueisha.com/
発売元　　株式会社 星雲社
（共同出版社・流通責任出版社）
〒 112-0005　東京都文京区水道 1-3-30
TEL 03 （3868） 3275
印刷・製本　　小野高速印刷株式会社
©Kaoru Imanishi 2023, Printed in Japan.
ISBN978-4-434-32233-4 C0097